死に戻り公女は
繰り返す世界を終わらせたい

藤鳥あや

B's-LOG BUNKO
ビーズログ文庫

CONTENTS

死に戻り公女は
繰り返す世界を終わらせたい
ジーク
リリーが偶然出会った謎の男。ある事件を追っておりリリーと手を組むことに。モントシュタイン帝国の皇帝に近しい人物のようだが…？
リリアンナ
リュビアン公国第四公女。和平のためディアマント王国の第一王子スペンツァーと婚約しているが冷遇されている。

Character

ミア

ラングレー男爵家の令嬢。

スペンツァー

ディアマント王国の第一王子。

ソフィア

リュビアン公国第一公女。
リリーの姉。

アメリア

リリーの専属侍女。

レヴェリー

誘拐事件被害者の会の代表。
ジークと親しい。

ハイド

ディアマント王国の
若き騎士団長。

イラスト／すがはら竜

序章

　雪うさぎのような少女が抱《かか》えた宝石箱をバラの飾《かざ》られたサイドテーブルに置く。

「ありがとう。リリー」

　えへへとはにかむリリーの頭をご褒美《ほうび》と撫《な》でるのは、彼女の母だ。

　寝台《しんだい》に腰掛《こしか》ける母へすり寄れば、病人特有の臭《にお》いが鼻につく。

「お母さまもリリーもこんなに待ってるのに、お父さまは今日も来ないの？」

「あらあら。そんなことを言っては駄目《だめ》よ？　父様は忙《いそが》しいの」

　リュビアン公国の公主から寵愛《ちょうあい》を受け、側室として召《め》し抱えられた母だが、リリーが物心つく頃《ころ》にはすでに屋敷《やしき》の奥にあるこの狭《せま》い部屋に押し込められていた。

　しかし、母は一度も不満を漏《も》らしたことがなかった。ただサイドテーブルに飾られたバラを見て儚《はかな》げな微笑《ほほえ》みを浮《う》かべるだけだ。

　そのバラは母の名を冠《かん》したもので、それが枯《か》れてしまえば、母の命も尽《つ》きてしまうのではないか――そんな錯覚《さっかく》を抱《いだ》かせた。

　自身が持ってきていないはずのバラを見て、リリーは唇《くちびる》をとがらせる。

「お父さまも、お姉さまもきっとリリーが嫌《きら》いなの。今日みたいに馬術とか剣術《けんじゅつ》とか授業で遅《おそ》くなった時は姉さま、お母さまに会いに来てるもん。会ってないのはリリーだけ」

「そんなことないわ。みんなリリーのこと大好きよ」

「じゃあなんでお姉さまはリリーに会ってくれないの？」

「うーん、まだリリーには難しいかもしれないわ。でもね。今は離《はな》れていても、いつかきっとお互《たが》い支え合える日がくるから。今はいい子に待ちましょう？」

マルベリー色の髪《かみ》を耳にかけた母が、リリーの額に口づけを落とした。

「いい子にしてたら、お姉さまと一緒《いっしょ》にいれる？」

「ええ。これからもいい子にできるようにお守りをあげる」

そう言って母は宝石箱から取り出したピアスをリリーの手にのせる。

リリーの手のひらの上で輝《かがや》くのは大粒《おおつぶ》のアレキサンドライトのピアスだ。

蝋燭《ろうそく》の光に照らされて赤紫色《あかむらさきいろ》に輝くそれに、リリーの口から感嘆《かんたん》の声が漏れた。

「……きれい」

「これはね、母様がお祖母《ばあ》ちゃんからもらった大切なものなの」

「お祖母さまから……？　とっても古いってこと？」

「ふふっ。そうね、とっても古いのよ」

魅入《みい》られたようにピアスを見つめるリリーに、ますます母は笑《え》みを深くした。

「このピアスは母様の一族が代々受け継《つ》いだ物なの。母様と血が繋《つな》がっていれば、ピアスがリリーを守ってくれるわ」

「姉さまも守ってくれる？」

「もちろんよ。さっきソフィアにもネックレスを渡《わた》したの。二人で大切にしてくれる？」

「うん！　わかった！　姉さまと大切にする！」

元気よく頷《うなず》いたリリーの手を母はピアスごと包み込む。

「いい？　もしリリーが心の底から助けてほしいと思った時はピアスにお願いするのよ」

「ピアスに、お願い……？」

「そう。お願いするのよ。そうすればきっとクロノス様が助けてくれるわ」

「クロノス様？」

「母様の一族が代々信仰《しんこう》している神様の名前よ」

公主に見初《みそ》められるまで母は流浪《るろう》の民として国から国を渡り歩いていた。そのため独自の価値観が根付いており、クロノス神を祀《まつ》るのもそのうちの一つだ。

「じゃあクロノス様にお願いしたらどうなるの？」

意味が分からず首を傾《かし》げるリリーに、母は続ける。

「そうね……。きっと不思議なことが起こるわ。でもどんなことが起こっても怖《こわ》がらないで。……もちろんお願いするような事態にならない方がずっといいのよ」

「んー？　よくわかんない！」

「今は分からなくても忘れないで。将来、リリーに大切な人ができたら二人で分け合うの。子どもが生まれたら、今日の母様のように教えてあげてね。母様との約束」

いつになく真剣な母の姿に圧倒《あっとう》されながらもリリーは頷いた。するといつもの朗《ほが》らかな雰囲気《ふんいき》に戻《もど》った母が優《やさ》しく微笑む。

「きっとピアスが幸せを教えてくれるわ」


「……懐《なつ》かしい夢」

小さな声だったが、狭い部屋にはしっかりと響《ひび》いた。

身を伸《の》ばせば質の悪い寝台がぎしりと嫌《いや》な音を立てる。だがリリーは気にもとめずに起き上がり、ドレッサーに用意されたアレキサンドライトへ目を向けた。

アクセサリースタンドで赤紫色に輝くそれは、夢で見たままだ。

心温まる思い出に浸《ひた》る間もなく、いきなり自室の扉《とびら》が開かれる。

「リリアンナ様。お支度《したく》の時間です」

不躾《ぶしつけ》な専属侍女《じじょ》の言葉にリリーはため息交じりに頷いた。

第一章

ディアマント王国。その王都にある王宮内で盛大《せいだい》な夜会が開かれていた。

吹《ふ》き抜《ぬ》けの天井《てんじょう》から吊《つ》るされたシャンデリア。光を反射する磨《みが》き抜かれた大理石の床《ゆか》。ホールの奥には玉座《ぎょくざ》が設けられており、夜会の主催者《しゅさいしゃ》であるディアマント国王夫妻が目の前で踊《おど》る令嬢《れいじょう》達に目を向けていた。音楽家が奏《かな》でる音楽に併《あわ》せて色とりどりの花々がくるくると咲《さ》き誇《ほこ》る様子は、招待客の目も楽しませてくれることだろう。

王家主催時にのみ許された純白のテーブルクロスには銀の食器が並べられ、一口大のケーキやみずみずしい果物が盛られている。

使用人が配るワインも銀のグラスに注がれており、食器という食器は全て銀製の物が使われているのが一目でも分かった。

毒が混入すると色が変わる銀は、貴《とうと》い身分であればあるほど重宝する物だ。だからこそ今宵《こよい》の夜会では使われている。

なぜならこの夜会は、モントシュタイン帝国《ていこく》の新皇帝《こうてい》を招いたものだからだ。

(でも私は新皇帝の容姿も年齢《ねんれい》も何も知らされていないのよね)

ディアマント王国第一王子の婚約者《こんやく》である、リリアンナ・フォン・リュビアンは使い慣れない銀食器を手に周りを見渡《みわた》す。しかし、皇帝らしい人はまだ見当たらなかった。

代わりに目に入ったのは、母と同じマルベリー色の髪《かみ》だ。

一瞬《いっしゅん》姉――ソフィアと目が合ったが、彼女は独特なバラの香りを漂《ただよ》わせて招待客に紛《まぎ》れてしまった。

(相変わらずね。……あ、食事をしているからかしら?)

誰《だれ》も手を付けない食べ物を手にするリリーは明らかに浮《う》いている。実の姉であれど、ぽつんと佇《たたず》むリリーに声をかけたいとは思わないだろう。

フォークを口に運んだ瞬間《しゅんかん》に、遠巻きでくすくすと笑う声が聞こえた。

「流石《さすが》は蛮族《ばんぞく》の姫《ひめ》だわ。卑《いや》しいったら……」

「あんな野蛮人が次代の王妃《おうひ》だなんて……。ねぇ?」

「そうそうバルコ子爵《ししゃく》も蛮族を娶《めと》っていたわ。社交界に出てこない娘も赤い目だとか」

嫌《いや》ねぇと笑う声に、リリーは眉《まゆ》を寄せた。

(卑しいのはどっちよ。リュビアンの民《たみ》を蛮族だなんて馬鹿にして)

口から出しそうになった言葉を食事と一緒《いっしょ》に呑《の》み込む。

それはリュビアン公国に住む人々の蔑称《べっしょう》だ。

公国に住む民は、男女問わず一人歩きを始める一歳頃《さいごろ》から乗馬を嗜《たしな》み、二歳頃には剣《けん》術《じゅつ》と戦術を学ぶ。一度戦火を交えたことのある国は口を揃《そろ》えて『一般《いっぱん》市民までもが軍略を骨の髄《ずい》まで染《し》みつかせた戦闘《せんとう》民族』と評する。

第四公女《こうじょ》であるリリーも例外ではない。

故《ゆえ》に、馬術や剣術は男性がするもので、女性は慎《つつ》ましく穏《おだ》やかに、という価値観の根強い王国民とは相容《あいい》れないのだ。

（私が人質《ひとじち》でなければ、今すぐにでも泣かせてやるのに）

王国と公国で交《か》わされた和平条約によって、リリーは王国へと差し出された。

表向きは第一王子の婚約者という立場を与《あた》えられたが、人質は人質。政略と打算に満ちた婚約に愛などない。

貴族達が侮蔑《ぶべつ》的な言動を取るのも、彼から見向きもされていないと理解しているからだ。

（でも私が反抗《はんこう》して戦争が起こってしまったら……？）

想像しただけで背筋にひやりとした悪寒《おかん》が走る。

（私が殺されるだけならまだマシよ。でも、私の死が戦争に繋《つな》がってしまう。そうなってしまったら、私はリュビアンの民に顔向けできない。たとえ公主の娘《むすめ》と認めてもらえなくても、一国の姫として責任を持たなくては）

第四公女であるリリーだが、公国ではいないも同然の扱《あつか》いを受けていた。

公国の統治者一族は、髪と瞳《ひとみ》の両方に赤色の色彩《しきさい》を宿す。だというのに、リリーは色素色の薄《うす》いミルキーホワイトの髪を持って生まれてしまった。瞳は父譲《ゆず》りの緋色《ひいろ》であったが、髪に赤が宿らない時点で存在価値はない。

不義理の子だと三日三晩食事を与えられないことや、授業中少し間違《まちが》えただけで折檻《せっかん》されるなどの行き過ぎた制裁が日常的に行われた。

はじめは誰にも気づかれぬようコッソリと。しだいに過激になっていったそれは、リュビアン公の耳に入るほどになったが、父が咎《とが》めることは一度もなかった。

むしろ、父が見て見ぬフリをしたことで拍車《はくしゃ》がかかったとも言える。

リリーには同腹の姉がいたが、待遇《たいぐう》は然《さ》して変わらない。否《いな》、リリーが生まれるまでは何不自由なく生活していた分、使用人や父の手のひら返しに戸惑《とまど》ったことだろう。

髪と瞳に赤を宿して生まれたソフィアは、リリーが生まれるその日までは蔑《さげす》まれることなく温かな食事を囲み、家族と笑い合っていたのだから。

公主の娘として恥《は》じることのない容姿を持ち、幸せな日々を送っていたソフィアを何度羨《うらや》んだか分からない。

だからこそ、リリーは人質としての嫁入《よめい》りを受け入れた。

婚約相手が自身を見てくれることを願って。

(まぁ、そんな望みも打ち砕《くだ》かれたのだけれど。今はただ、このまま私が王妃になるまで何事も起きなければそれでいいわ。王妃になれば簡単には手出しできなくなるもの)

婚約により公国から抜け出したリリーは、王国の待遇に多少の不満はあれど、表だって不満を漏《も》らそうとは思わなかった。

たとえ婚約者から一度も贈《おく》り物がなくても、流行遅《おく》れのドレスしか与えられなくても、王族にあるまじき質素な食事を出されても、全て飲み込んできた。かつての母のように。

母の形見であるアレキサンドライトのピアスは、今もリリーの耳元で輝《かがや》きを放っている。

(ピアスが幸せを教えてくれるなんて、本当かしら？)

内心ため息を零《こぼ》しながらリリーは自身のドレスに目を落とす。

流行が過ぎたオレンジのドレスには、フリルやレースがふんだんにあしらわれていた。誰がどう見ても、身長が小さく可愛《かわい》らしい令嬢に相応《ふさわ》しいドレスだろう。一般女性よりも身長の高いリリーには似合うはずがない。

せめてもと高さを控《ひか》えめにしたヒールを履《は》いて誤魔化《ごまか》してみても、焼け石に水だった。

(純白のドレスだったら、いいえ。私が認められていれば……)

王族に連なる者のみ着ることを許された禁色《きんじき》。それが純白だ。

リリーに純白をまとうことが許されていれば、愁《うれ》う必要もなかった。

(たとえ認められていなくても正式に私が殿下と結婚《けっこん》すれば、きっと純白を着られる。そうすれば私を蔑む目も少なくなるはずよ。結婚まであと数年じゃない)

今の待遇を鑑《かんが》みれば、結婚しても待遇がよくなるとは考えにくい。大切な夜会でも、婚約者からエスコートされない現状を見れば、火を見るよりも明らかだろう。

だが、リリーの居場所は婚約者の隣《となり》しかないのだ。どれだけ軽視されようとも、不満を漏らさず逆らわない公女であるのが、リュビアンの民のためになるのだから。

(さて、エスコートも満足にできない未来の旦那様《だんなさま》はいったいどこにいるのかしら?)

食器を使用人に渡《わた》したリリーは、国王夫妻へと目を向ける。

するといつもの優《やさ》しげな目元は釣《つ》り上がり、厳しい視線を返されてしまった。

(あらあら? 私、何かしたかしら?)

普段《ふだん》であれば国王はリリーを気遣《きづか》い、婚約者を窘《たしな》めてくれる。窘めたところで変わりはしないが、国王がリリーとの婚約の意味を正しく理解していることの証明でもあった。

いつもとは違《ちが》う雰囲気《ふんいき》の国王に首を傾《かし》げていれば、二階の踊り場に婚約者の姿が見えた。

(やっと来たわね。今からでもちゃんとエスコートしてもらわないと)

当然のようにリリーは婚約者の元へと足を運ぶ。その足取りに迷いはない。

婚約者がコツコツと階段を降りて来たかと思うと、彼は怒《いか》りのままに叫《さけ》んだ。

「リリー!! お前との婚約は破棄《はき》する!!」

一瞬にして演奏が止まり、令嬢はダンスをやめ、皆《みな》の視線が婚約者に集まった。

きらびやかな装飾《そうしょく》が彩《いろど》るホールで婚約者——スペンツァー・フォン・ディアマントが視線の中心でふんぞり返る。

自信に満ちた彼を彩るように、光に照らされた金髪《きんぱつ》がきらめき、王族の証《ロイヤルカラー》である白色の瞳がリリーを睨《にら》みつけた。

婚約破棄よりもリリーに衝撃《しょうげき》を与えたのは、スペンツァーの隣にいる少女だ。

ラングレー男爵《だんしゃく》の一人《ひとり》娘である彼女とは視察の際に出会ったのだろう。男爵領は公国と王国を繋ぐ唯一《ゆいいつ》の街道《かいどう》を持つため、定期訪問は欠かせなかった。

スペンツァーに腰《こし》を抱《だ》かれ微笑《ほほえ》む彼女はまさに、今夜の主役だ。

(純白の、ドレス)

少女が着ている白色のドレスから目が離《はな》せない。

スペンツァーが望めば純白のドレスが着られたのだと、心臓が嫌な音を立てている。

純白のドレスさえ着られたなら、と抱いていた僅《わず》かな希望さえ打ち砕かれてしまった。

しかし、リリーは内心の動揺《どうよう》を悟《さと》られないよう背筋を伸《の》ばす。

口を開かないリリーに苛立《いらだ》ったのか、スペンツァーが新たな爆弾《ばくだん》を投下した。

「国母《こくぼ》となるのは、ミアだ」

観衆の目に晒《さら》された亜麻《あま》色の髪をした少女――ミアは嫌がる様子もなく、スペンツァーに寄《よ》り添《そ》う。勝《か》ち誇ったと言わんばかりの榛色《ヘーゼル》の大きな瞳がまた可愛らしい。

(国母？　今、国母って言った……？)

ミアを側室にと打診《だしん》されればリリーも快く頷《うなず》いた。しかし、国母となれば話は別だ。

男爵令嬢であるミアでは明らかに地位が足りない。

スペンツァーの後ろ盾《だて》になれるような、政治的手腕《しゅわん》があるわけでもない。

ないない尽《づ》くしの二人では、国の統治すら危《あや》うく、どう転んでも大火傷《おおやけど》だ。

(あぁもう。どうして今なの？　いえ、悲しんでいる暇《ひま》なんてないわよ)

衝撃から戻《もど》った頭は悲しみに暮れることなく、冷静に状況《じょうきょう》を把握《はあく》しようと動き出す。

リリーはゆったりと首を傾げ、困った笑顔《えがお》を作った。

「まぁ。そんなことができると本当にお思いですか？」

「できるさ」

胸を張るスペンツァーは妙《みょう》に自信満々だ。

(そうだった。こういう時の殿下に何を言っても無駄《むだ》だったわ。大事な外交の場でこんなことして、問題になるとは思わなかったのかしら)

スペンツァーは国内貴族や各国の要人が集まるこの場で婚約破棄を宣言してしまった。

その迂闊《うかつ》すぎる言動は、自ら政治に疎《うと》く軽率《けいそつ》なのだと諸外国に知らしめるようなものだ。

(まぁ殿下の無能っぷりは今に始まったことじゃないけれど……)

リリーが十、スペンツァーが十二歳の頃《ころ》。一度だけ彼の執務《しつむ》室に足を運んだことがある。

そこは足の踏《ふ》み場もないほど物が散乱しており、愕然《がくぜん》としたことを覚えている。

部屋の片隅《かたすみ》には埃《ほこり》の被《かぶ》った勉強道具が放り出されており、使った形跡《けいせき》すらなかった。

その代わりに使用感があったのは大量に散らばる幼児向けの玩具《がんぐ》だ。

簡単な公務の代わりに玩具で遊んでいたのだ。頭が痛くなるのも当然だろう。

その上、気分で予算を使い切る悪癖《あくへき》は、今日《こんにち》に至るまで改善する兆《きざ》しはなかった。

努力嫌《ぎら》い。執務《しつむ》嫌い。浪費《ろうひ》家。顔だけ王子。無能王子と囁《ささや》かれても、王国は唯一の王位継承《けいしょう》者を失うわけにはいかなかった。代替《だいたい》として白羽《しらは》の矢が立ったのがリリーだ。

想定外の事態が起こった時の対処法から、侮《あなど》られない仕草まで、リリーはまるで乾《かわ》いた地面が水を吸収するかのように知識を蓄《たくわ》えていった。

(和平のためにずっと我慢《がまん》して、休む間もなく努力し続けた結果がこれ?)

リリーが似合いもしない流行遅れのドレスを着るのも、王宮の隅《すみ》に追いやられ警備が手薄でも、不満一つ漏らさないのも、戦争を起こさせないためだ。

(私が婚約破棄されたら、公国に条約違反《いはん》だと攻め入《い》る口実を与えてしまうわ)

ため息が出そうになる口から言葉を絞《しぼ》り出す。

「国母となるのは私のはず。それに私との婚約破棄にはそれ相応の理由が必要ですよ」

「理由だと？　しらばっくれるな！　この罪人め！　証拠《しょうこ》もある」

「罪人……?」

困惑《こんわく》するリリーをよそに、スペンツァーが高らかに声を張った。

「衛兵《えいへい》！　罪人を捕《と》らえよ！」

ホールの重厚《じゅうこう》な扉《とびら》が開き、衛兵が流れ込んでくる。

兵が動くのは罪が確定した相手にだけ。つまり、リリー捕縛《ほばく》を陛下も認めたということ。

（だから今日は殿下をいさめなかったのね）

リリーが罪を犯《おか》したとなれば、公国から宣戦布告はできない。それどころか公女が粗相《そそう》をしたと問われるのは公国の方だ。

衛兵に腕《うで》を摑《つか》まれそうになり、制止の声をかける。

「無礼ですよ。慌《あわ》てなくても私は逃《に》げも隠《かく》れもしません」

「なにをしている！　早く連れて行け！」

「殿下。最後に一つだけ答えていただけますか？　私の罪状は？」

「は？　罪状……？」

スペンツァーが焦《あせ》ったように視線を泳がせる。

助け舟《ぶね》を出すように、後ろに控えていた侍従《じじゅう》が彼の耳にひそひそと耳打ちをした。

（罪状も覚えていないのによく断罪しようと思ったわね）

あまりにもお粗末《そまつ》だが、リリーは彼らのやり取りが終わるのをじっと待つ。

侍従の金の腕時計をぼんやりと眺《なが》めていれば、スペンツァーが侍従から書類を手渡された。得意げな顔のスペンツァーが書類を突《つ》き出し、ふんぞり返る。

「賭博場開張図利罪《とばくじょうかいちょうとりざい》と横領罪《おうりょうざい》だ!!　お前は処刑《しょけい》ではなく修道院送りとなる。せめてもの温情だ。僕に感謝するんだな!!」

　何に対して感謝をすればいいのか。呆《あき》れて物も言えないリリーを都合の良《い》いように解《かい》釈《しゃく》したのか、スペンツァーが勝ち誇った笑《え》みで言い放った。

「城の外に馬車を用意してある。分かったらとっとと出て行け！」

「……わかりました」

　リリーはすっと足を引き、お手本のようなカーテシーを行う。

「紳士《しんし》淑女《しゅくじょ》の皆様方《みなさまがた》。今日という素晴《すば》らしい日に水を差してしまったこと、心よりお詫《わ》び申し上げます」

　顔を上げ、にっこりと笑顔を浮かべた。

　これはもう意地だ。納得《なっとく》も、理解もしていないが、決定された罪状を覆《くつがえ》す手札はもっていない。ならばせめて最後まで気高《けだか》い公女でありたかった。

「それでは皆様。ごめんあそばせ」


　そして、現在。

　リリーは真っ暗な森の中を全速力で駆《か》けていた。鬱蒼《うっそう》と茂《しげ》る木々に月明かりは遮《さえぎ》られ足元すら見えない。地面にせり出した木の根や苔《こけ》に足を取られそうになりながらも力走する。

　幾度《いくど》も鋭《するど》く尖《とが》った木の枝がドレスに刺《さ》さり、布地に遠慮《えんりょ》なく穴を開けては引き裂《さ》く。

そんな些末《さまつ》事よりもリリーの頭の中はこの状況を打開する策を練ることでいっぱいだ。

（あぁもう！　よりによって盗賊《とうぞく》だなんて婚約破棄よりも厄介《やっかい》だわ！）

もとより和平のための政略結婚だ。正直、寵愛《ちょうあい》する側室でも娶ればいいと思っていた。

リリーが正妻であれば、戦争が起きない。それだけで満足だったというのに――

（今私が死ねば戦争が起きてしまうわ！）

馬車が森の中へ入った途端《とたん》、リリー達は盗賊に襲《おそ》われた。

（行方《ゆくえ》不明だと発表される前に帰らないと！　あぁ馬さえいればなんとかなったのに！）

馬車が襲われた際、御者《ぎょしゃ》は馬を使って早々に逃走《とうそう》してしまった。

動かなくなった馬車の中で、襲われると理解しながら抗《あらが》わない理由はない。

（あの子はちゃんと逃げられたかしら？）

監視《かんし》だとおんぼろの馬車へと一緒に乗り込んだ侍女《じじょ》を逃がすのに手間取り時間を食った。人一人が通れる小さな窓から侍女を逃がしたものの、同じように逃げ出した時に見つかってしまったのだ。その後散り散りになってしまったため、侍女の安否は分からない。

（ただ私ばかり執拗《しつよう》に追ってきているのよね。というか、あんなボロボロの馬車をどうして襲おうと思ったの？　金目の物なんて期待できないでしょうに。……ちょっと待って）

月明かりの届かぬ深い森はリリーの姿を隠してくれるが、少しでも速度を落とせば捕《つか》まってしまうかもしれない。しかし辿《たど》り着いた結論に、一瞬速度が落ちる。

（もし盗賊の仕業に見せかけて私を殺すのが目的だったら？　だとすれば、侍女を追わない理由も、馬車の中を確認《かくにん》せずに私を追ってきたことも説明がつくわ）

夜の森の寒さとは違う薄ら寒さがリリーを包む。

（冗談《じょうだん》じゃない！　誰の差し金が知らないけど、ここで死ぬわけにはいかないのよ‼）

なんとしても逃げ切らなければならない。リュビアンの民のために。

「まだそう遠くには行ってないはずだ‼」

背後から怒号《どごう》が飛ぶ。思っていた以上に近くにいた盗賊に、リリーは足を止めた。

息を潜《ひそ》め、様子を窺《うかが》う。誰の差し金か、推《お》し量《はか》ることができるかもしれない。

（訛《なま》りのない喋《しゃべ》り方も怪《あや》しく感じてしまうわ）

盗賊の動向にばかり気を取られていたからだろう。少し離れようと身を引いた瞬間、木の枝にぶつかってしまった。静寂《せいじゃく》の包む森の中では、その音は嫌に大きく聞こえた。

「いたぞ！　こっちだ‼」

しまった、と思う間もなく反射的に靴《くつ》を脱《ぬ》ぎ捨てる。同時にドレスの裾《すそ》を引き裂いた。

（これなら走りやすいわ）

すでに見つかっているのならと音も気にせずリリーは駆ける。

視界の端《はし》に見えた街道へと躍《おど》り出た。その勢いのままもつれそうになる足を動かす。

森を抜けた先にある騎士《きし》団の駐屯《ちゅうとん》所に駆け込めば、助かるかもしれない。

(馬車を襲ったのは九人。足音の数からして全員ついてきているわね。……あら？)

視界に森の奥に小さな光が見えた気がして目を凝《こ》らす。

(まさか新手？)

騎乗《きじょう》する影《かげ》が二つ。手綱《たづな》を握《にぎ》る甲冑《かっちゅう》らしき影がランタンを持っていることしか分からないが、新手であれば厄介だ。どう足掻《あが》いても馬の脚力《きゃくりょく》に人間は勝てない。

(動く気配はないけれど、警戒《けいかい》しておかないといけないわね)

視界に騎馬《きば》を入れながら走っていたが、それがいけなかった。

リリーの死角から飛び出してきた盗賊の手がリリーの髪を摑んだ。

「舐《な》めやがって‼ 捕まえたぞ‼」

「痛っ。離しなさい‼」

力任せに引き寄せられ、髪が悲鳴を上げる。ぶちぶちと髪の切れる音が聞こえたのは気のせいではないだろう。視界の端でミルキーホワイトの髪が地面に落ちていく。

紅玉《こうぎょく》のような目に涙《なみだ》が浮かんだ。

「手間かけさせやがって。ったく。大人しくしろよ？　殺されたくなければな」

吐《は》き捨てるように言う盗賊の後ろから仲間が集まってくる。

森の中といえど、街道までは枝が伸びていない。月明かりのおかげで周りがよく見える。

リリーはこの窮地《きゅうち》を脱却《だっきゃく》するため視線を滑《すべ》らせた。悟られないよう口を動かしながら。

「お決まりの台詞《せりふ》ね。そう言われて生きていた人間がいるのかしら？」

「はっ、違いねぇ」

目を動かし騎乗していた二人組の場所を盗《ぬす》み見る。だがすでに誰もいなくなっていた。

(ああもう！　目を離すんじゃなかったわ！　どこに行ったの⁉)

もし今騎馬が襲いかかればリリーはひとたまりもない。彼らが敵だった場合、抵抗《ていこう》する間もなく殺されてしまう。

(いえ、そもそもすぐ加勢しない時点で敵でも味方でもない可能性が高いわ)

何のためにいるのか、答えはすぐに浮かんだ。

(私の死を確認するために？　ならまずは盗賊をなんとかすべきね)

騎馬よりも先に盗賊をどうにかしなければならないと結論づけ、リリーは問いかけた。

「それで？　私は殺されるだけですむのかしら？」

リリーの問いに顔を見合わせた盗賊達は一斉《いっせい》にぎゃははと笑い出す。

「そりゃあ、楽しませてもらった後で殺すに決まってんだろ？」

抵抗するとは思われていないのか、油断と隙《すき》まみれの盗賊は容易に観察できた。

(九人全員、同じ服装に長剣《ちょうけん》だわ。飾《かざ》り房《ふさ》まで同じだなんてずいぶん手が込んでいるのね。なら私の後ろの男も同じ格好のはず。敵がはっきりしているのはありがたいわ)

彼らの立ち位置を把握し、リリーは口角を釣り上げる。

「なら私が大人しくする必要もないわよね」

リリーは髪を摑む盗賊の腰から剣を勢いよく抜き──

──勢いのまま、長い髪を切り落とした。

地面にミルキーホワイトの髪が散らばる。

令嬢の命である長髪《ちょうはつ》を切り捨てたリリーは、振《ふ》り返りざまに盗賊を斬《き》りつけた。

「ぐわっ⁉」

すぐさま自身を拘束《こうそく》していた盗賊から距離《きょり》を取る。燃え上がる炎《ほのお》のような瞳で彼らを見《み》据《す》え、慣れた様子で剣を握る姿はもはや令嬢のそれではない。

「う、の野郎《やろう》‼ これだから蛮族は嫌いなんだ！」

仲間に小突《こづ》かれた盗賊は口を閉ざしたが、不名誉《ふめいよ》な蔑称をリリーは聞き逃《のが》さなかった。

「私がリュビアンの民だとなぜ知っているの？」

一般的に赤色の髪を持つ者をリュビアンの民と呼ぶ。しかし、リリーは赤色の髪を持たない公女だ。一目で公国出身だと分かる者はいない。

その蔑称はリリーが公女だと知っていなければ出てこないはずだ。

「あら、だんまり？ でも少し詰めが甘いんじゃない？ 侍女を追わないだなんて」

わざと笑顔で煽《あお》れば、真剣《しんけん》な顔つきになった盗賊が一斉に襲いかかってくる。

合図もなしに統率《とうそつ》の取れた動きをする様は、やはり盗賊らしくない。

休む間もない攻撃《こうげき》の応酬《おうしゅう》に、先ほどまでは手加減されていたのだと悟った。

単純な力では敵《かな》わないリリーは、盗賊の攻撃を避け同士討《う》ちをさせ、確実に数を減らす。振り下ろされた剣を受け止める。剣身を滑《さ》らせていなせば、地面に伏《ふ》せる盗賊が一人、また一人と増えていき、盗賊の数が瞬く間に減っていく。

（あと五人。あと少しなのに、もう油断して斬りかかって来てはくれないわね）

肩《かた》で息をするリリーから十分な距離を取り隙を窺う盗賊は、苛立ちを隠しきれていない。

双方《そうほう》が睨み合っていると、ぞくりと背中に殺気を感じた。

反射的に身を捻《ひね》り、回避《かいひ》行動を取る。しかし、僅かに遅《おそ》かったらしく頬《ほお》に痛みが走る。

（今、後ろから何が飛んで……⁉）

視線だけ動かしよく見れば小さなナイフが地面に刺さっていた。

ナイフが飛んできた方向を確認しようとするが、致命《ちめい》的な隙を盗賊は見逃さない。

「しまっ――うぐっ」

途端、貫《つらぬ》かれる胸。ごぼりと口から血が溢《あふ》れ出し、胸から生えた剣からは鮮血《せんけつ》が滴《したた》る。

ゆっくりと剣が抜かれ、ぐらりと視界が歪《ゆが》んだ。

（あ、れ……？　私……。なんで月が……？）

リリーは糸の切れた操《あやつ》り人形のように倒《たお》れ込む。景色が一変し、満月が見えた。

真っ赤なぬかるみに包まれた背中は生温かく、鉄くさい。

「う、あ」

口から零れたのは、叫び声ではなく命の源だ。頭から足先まで感覚がない。

満月を覆《おお》い隠すように盗賊がリリーを覗《のぞ》き込んだ。途端、自身の身に何が起こったのか理解した。一度理解してしまえば、痛みは増幅《ぞうふく》して襲いかかってくる。

体中が脈打つような、臓器の底から抉《えぐ》られるような痛みの合間に母の声が聞こえた。

『いい？　もしリリーが心の底から助けてほしいと思った時はピアスにお願いするのよ』

（私の、願い……）

『そう。お願いするのよ。そうすればきっとクロノス様が助けてくれるわ』

重い腕を動かし、夜会から付けっぱなしのピアスへと触《ふ》れた。

（っ、私は、こんな所で終われない！　この手で幸せを摑むまでは……!!）

リリーが動いたことに驚《おどろ》いたのか、焦った盗賊が剣を振り上げ、赤い飾り房が跳《は》ねる。

それがリリーの見た、最期《さいご》の光景だった。

ふと意識が浮上《ふじょう》し、重い瞼《まぶた》を開ける。

見慣れた天井が目に入り、リリーは勢いよく起き上がった。

聞き慣れてしまった寝台《しんだい》の軋《きし》む音が響《ひび》く。

体に少しの痛みもないと驚きつつも、自身の胸に目を落とした。

貫かれたはずの胸に傷はなく、包帯すら巻かれていない。

(私、助かったの……？　あの状態から……？)

当たり前の疑問に内心首を傾げながら、住み慣れた自室を見回す。

(まさかとんぼ返りすることになるとは思わなかったわ)

怪我《けが》の度合いからして、近くの修道院では対処できるはずもない。

そのためリリーは王宮の自室に運ばれたのだと納得した。

(こんな狭《せま》い部屋に医者を招いてしまうなんて少し恥ずかしいわね)

二階最奥に位置するリリーの部屋は、物置のような狭さだ。

事実、客室の方が広いだろう。清潔感こそあれど、母に与えられていた部屋と大差ない。

続き部屋のない一室は置ける家具も限られてしまい、片手で数えられるほどしかない。

寝台の右側にはドレッサー、呼び鈴と水の満ちたグラスが置かれたサイドテーブル。

寝台の左側には年代物のローテーブルが一つ。それを挟《はさ》むように二人掛《が》けのソファーが一つずつ置かれている。少しくたびれてはいるが、来客のない部屋には十分だ。

バルコニーへと続く窓からは温かな陽光が部屋に降り注いでいる。

コツコツと小さな足音が聞こえ、ノックもなく開いた扉から赤色の侍女服が揺れる。

「お目覚めですか？　リリアンナ様」

「アメ、リア……？」

「どうしました？」

部屋に入ってきたのは、桶《おけ》を手に持った侍女のアメリアだ。

肩まで伸びたくすんだ金髪から灰色の瞳が覗く。

王宮侍女と違い赤色のお仕着せを着ているのは彼女がリリー専属侍女だという証《あかし》だ。

スペンツァーが見つけてきたアメリアは優秀《ゆうしゅう》で、侍女が一人しかいない中でもしっかりと仕えてくれている。

馬車が襲われた時も、彼女はリリーと共にいた。

「よかった。無事だったのね」

リリーは胸を撫《な》で下《お》ろす。盗賊から無事逃げられたようでほっとした。

「なんのお話ですか？」

安堵《あんど》もつかの間で、続いたアメリアの返答にリリーは固まった。

不思議そうな顔をしながらも近づいてきたアメリアへ、意を決したリリーは問いかける。

「あなたが助けを呼んでくれたのよね？」

「リリアンナ様が助けを呼ばれるような事態があったのですか？」

衝撃的な出来事を忘れるような記憶力でないのは、彼女と過ごした日々の中で理解している。だが、悪ふざけで冗談を言う間柄《あいだがら》でもない。

リリーは喉《のど》の奥がひりつくのを感じながら、言葉を押し出す。

「な、にを言っているの？　馬車で襲われたでしょう？」

「襲われてなどおりません。悪い夢でも見られたのではありませんか？」

「……夢？」

「はい。ですがいつまでも夢うつつではいられません。しゃんと目を覚ましてください」

顔を清めるために水桶《みずおけ》が差し出される。

（夢？　本当に？）

あまりにも生々しすぎる感触《かんしょく》に、夢だと断言できない。

冷たい剣が刺さった感覚も、泥濘《ぬかるみ》の生温かさも、現実だと説明されたら信じられる。

死が這《は》い寄る感覚を鮮明《せんめい》に思い出してしまい、リリーはぶるりと身震《みぶる》いした。

「リリアンナ様。お早く。予定が詰《つ》まっております」

アメリアに急《せ》かされ、水桶をさらに突き出される。

水桶を覗き込むため俯《うつむ》いた拍子《ひょうし》に、肩口《かたぐち》から手入れの行き届いたミルキーホワイトの髪が流れ落ちた。

喉からひゅっと音が漏れる。

長髪《それ》は盗賊の手から逃れるため切り落としたはずで――。

慌てて水桶を覗き込めば、盗賊に襲われる前と変わらない自分が映っていた。

水面に映るアレキサンドライトのピアスが揺らめく。

緑に輝くピアスの奥に違う色が見える気がするが、光の加減でそう見えるだけだろう。

（どうして付けっぱなしなの……？）

救出されたのであれば、治療《ちりょう》の時にピアスは外されるだろう。

夢だとしても、ピアスを付けたまま寝《ね》る習慣もない。そもそもピアスはアクセサリースタンドに置いてあったはずだ。

疑問に思いながらも顔を清め、ごわついたタオルを受け取って顔を拭《ぬぐ》う。

「今日の予定は？」

「本日はモントシュタイン帝国の新皇帝陛下がご到着《とうちゃく》される予定です。スペンツァー様からは移動をする時は手早く。あと執務室から出ないようにと仰《おお》せつかっております」

「う、そ……」

「明日は夜会ですので、今日中にできる限りの執務を……。リリアンナ様？」

リリーの反応にアメリアから困惑した声が漏れる。

いやに喉が渇《かわ》く。心臓が嫌な音を立てて軋み、鼓動《こどう》の音がやけに大きく聞こえる。

脈打つ音が耳にこびりついて離れない。体が泥沼《どろぬま》に落ちたように重く感じる。

影が落ちたかと思えば、心配そうなアメリアと目が合った。

いつの間にか握り込んでいたシーツを優しくほどかれる。

「あまり顔色がよくありませんね。……確か今日の執務は明日の分ばかりのはず。ですから今日は一日お休みになってください」

「へ？」

リリーは初めてかけられた言葉に戸惑いを隠せない。

弱りきった表情のリリーに、アメリアは決定だと言わんばかりに語気を強める。

「明日まで長引いては困ります。今日の予定は全てキャンセルしておきますので、安心して療養《りょうよう》なさってください」

「……わかったわ」

頷いたリリーを満足そうに見た後、アメリアは慣れた手つきで片付けを始める。

「食事もいらないわ。声をかけるまで部屋に入らないでちょうだいね」

「承知しました」

持ってきた物を全てまとめ、一礼をしたアメリアの背中に声をかける。

「ありがとう。アメリア」

「礼には及《およ》びません。わたしはお給金のためにしているだけですから。今度のボーナス、楽しみにしていますね」

余計な一言を残してアメリアは退室した。

「まったく、アメリアったら。まぁアメリアがお金にうるさいのはいつものことね」

静まり返った部屋で呟《つぶや》いた声は、予想以上に弱々しかった。

ぼすんと音を立てて寝台へ背中から倒れ込む。

小さく息をついて、腕で両目を覆った。

「夜会が明日って、どういうことなの？　私は新皇帝を招いた夜会には参加したはずよ」

似合いもしないオレンジのドレスを着て婚約破棄されたこと、昨日のように思い出せる。

実際、リリーの体感では一日しか経《た》っていないはずだった。

「婚約破棄されて、殿下の隣には……。ああもう！　嫌なことを思い出したわ」

禁色のドレスを与えられた可憐《かれん》な少女が脳裏《のうり》に浮かんでしまう。

リリーの努力を一夜にして無に帰した彼女は幸せそうだった。

「私だって、認められさえすれば禁色を着られたのに……」

呟いた願いが叶《かな》えられることはないと、リリーは知ってしまった。

雑念を払《はら》うように城を出た後の出来事を思い出す。

「追い出された後、盗賊に襲われて――」

そこまで思い出し、がばりと起き上がる。

「そうよ！　ピアスにお願いしたわ！」

もしかしたらこれが母の言っていた不思議なことかもしれない。

「クロノス様が守ってくれたのね。きっと予知夢で危険を知らせてくれたんだわ」

それ以上の説明が思いつかない。考えれば考えるほど泥沼にハマってしまいそうだと、直感的に感じながら、リリーは見て見ぬ振りをした。

「もし夜会での仕打ちが本当なら、罪状に関連する施設《しせつ》があるってことよね？」

賭博場開張図利罪なら、王国のどこかに賭博場があるはずだ。

「王族の耳に入るぐらいだもの。城下で聞き込みをすれば簡単に場所が割れそうね」

寝台から降り、貴族らしくないワンピースへ着替《きが》えて準備を整えた。

「冤罪《えんざい》で修道院送り？冗談じゃないわ」

バルコニーへと足を進めながら、独りごちる。

自室の周りに衛兵は来ない。ザルな警備態勢のため、リリーならその気になればいつでも抜け出せた。今までやらなかったのは、公女としての体面を考えたからだ。

「私が関わっていないと証明すればいいんでしょう？見つけてやろうじゃない。動かぬ証拠を」

リリーはバルコニーの腰壁《ようへき》に足をかける。落ちれば命はない高さだが、リリーは臆《おく》することなく飛んだ。

目の前の木の枝を緩衝《かんしょう》材代わりに使い、勢いを殺す。地面へと飛び降り、足から太もも、太ももから背中へと一回転しながら衝撃を逃がす。

起き上がったリリーはワンピースについた土を払い、堂々と歩き出した。

赤い瞳に決意を灯したリリーを楽しげに眺める視線があることに気がつかずに。


城下町の表通りへ行くため、リリーは城門の近くを通りかかった。

「なんでだよ‼」

怒気《どき》の含《ふく》まれた大声に、リリーの肩が揺れる。

フードを深く被り喧噪《けんそう》のする方へ目を向ければ、門番に男性達が詰め寄っていた。

「どうかお願いです！　俺達の妻子をどうか！」

「嘆願書《たんがんしょ》のお返事をいただけないでしょうか⁉　どうか国王陛下にお取り次ぎを！」

「王子殿下でも構いません！」

「えぇい！　国王陛下も王子殿下も忙《いそが》しいのだ‼　散れ‼」

言い争いをする男性達はお世辞にも健康とは言えない風貌《ふうぼう》で、やつれた顔をしていた。

その中でも一人だけ体躯《たいく》のいい褐色《かっしょく》の肌《はだ》をした男は、率先《そっせん》して門番に詰め寄る。

「もう半年になるんだ！　まだ見つからないなんて職務怠慢《たいまん》じゃないのか⁉」

「我々も忙しいのだ！　一つの事件ばかりに注力はできない！」

彼らを遠巻きに見ていた男性へリリーは声をかける。

「すみません。彼らは？」

「被害者《ひがい》が百人を超《こ》えた誘拐《ゆうかい》事件、その被害者の会の人達だ。褐色の男が代表だよ」

そうなんですねと返事をして、リリーはもう一度褐色の彼を見る。

（褐色の肌は公国よりもさらに遠い異国の……）

リリーの疑問を感じ取ったのだろう。男性が話を続ける。

「この国に婿入《むこい》りしたらしいんだが、妻子が誘拐された可哀想《かわいそう》なやつでな」

「そうだったんですね。お気の毒に……」

「あぁ。嘆願書を王子殿下に出しても返事一つないんだから、彼も大変だよ」

「嘆願書を、殿下に……？」

スペンツァーの公務は、リリーが全て肩代わりをしている。

だというのに、嘆願書の存在をリリーは知らなかった。一度も見た覚えもない。

（どういうこと？　殿下が私に見つからないよう隠した？　何のために？）

普段仕事をしないスペンツァーが、自ら誘拐事件解決のために嘆願書を持ち出したとは考えにくい。何か裏があると思うのは自然なことだろう。

（帰ったら殿下を問い詰めなくちゃ）

リリーがそう心に決めていれば、男性が眉を下げて囁く。

「お嬢《じょう》ちゃんも気をつけるんだぞ」

「ええ。ありがとう」

お礼を伝え、リリーは表通りへと足を向けた。

かつて馬車から見た城下町はもっと活気があったはずだ。溢れかえらんばかりの人が行き交っていた表通りからは、人の姿がほとんど消えていた。

だが両脇《りょうわき》に並ぶ屋台は商魂《しょうこん》たくましく、様々な商品をこれでもかと並べている。少しでも通行人の目を引こうと工夫《くふう》が凝らされているのだろう。

果物や野菜のような新鮮《しんせん》な食べ物や、肉や魚、チーズなどの燻製《くんせい》。小瓶《こびん》に入った調味料は陽光を浴びてキラキラと輝いている。

光をまとうのはそれだけではない。異国から持ち込まれた陶磁器《とうじき》や護身用の短剣《たんけん》。後ろが透《す》ける変わった手鏡などが店先を彩っていた。

（……見られている？）

肌にひりつくような視線を感じ、リリーは買い物をするフリをしながら歩みを止めた。

（きっとスリ目的ね。誘拐事件を解決してないから、治安が悪化しているのかしら？）

事件の解決は騎士団への、ひいては国への信頼《しんらい》だ。それが崩《くず》れてしまえば治安が悪化するのは至極《しごく》当然の流れだろう。

（とりあえず私の財布《さいふ》を取ろうとした時に捕まえましょう。あら？）

均等に並べられた装飾品を見るだけと思っていたが、無骨な短剣に目が奪《うば》われた。

短剣の中でも小ぶりで、ドレスの中に仕込んでいても気がつかれないだろう。

(使い勝手がよさそうだわ。襲われるのなら、あらかじめ準備しなければいけないわね)

ゆったりと財布を取り出し、短剣を購入《こうにゅう》する。

財布をしまい、リリーが再び歩き出した瞬間。横からすっと手が伸びてきた。

手を摑み、相手を睨み付ける。

「捕まえた。観念しなさい。スリ犯」

摑んだ手の主は若い男性だ。二十代くらいだろうか。

冬の湖のように冷たいアイスブルーの切れ長な瞳と視線が絡《から》む。冷酷《れいこく》で、一度も揺らいだことのない意志そのもののような眼《め》だ。

圧倒的《あっとうてき》な造形美を形作る輪郭《りんかく》をなぞるように流れる黒髪。

美の神に愛されたその容姿は、一度見たら忘れられないだろう。

暴力的な美を真正面から浴びたリリーは思わず息を呑んだ。

(スリなんてしなくても、微笑むだけで世の女性達が貢《みつ》ぐんじゃ……)

高身長だがほどよく鍛《きた》えられていると衣服越《ご》しでも分かる。

マントの隙間《すきま》から覗く剣にはアイスブルーの飾り房が付いていた。

どこかの騎士のような服装だが、マントの下の衣服にはシミ一つない。

（やっぱりスリをするようには見えない）

掴んだ手に剣だこがあったのも、スリではないかもしれないと思う要因だった。

「おい」

不機嫌《ふきげん》そうな声が降ってくる。

「いつまで掴んでるんだ。いい加減離せ。それに俺はスリじゃない」

「だったらなんで私に手を伸ばしたのよ。ずっと見ていたでしょう？」

疑問が解消されるまで離すまいと彼の手を握り込む。

すると彼は呆れたようにため息をつき、面倒《めんどう》くさそうな顔をした。

「俺はただお前がスリに狙《ねら》われてたから声をかけようとしただけだ。あと、執拗に見ていたのは俺じゃない。お前の護衛だろ」

王国に来てから護衛をつけられたことは片手で数えられるほどしかなかった。

その上、リリーは今、城を抜け出しているのだから護衛がつくはずがない。

「私に護衛なんて……っ⁉」

突如《とつじょ》視界に入ってきた金髪と亜麻色の髪に、咄嗟《とっさ》に路地裏へ逃げ込む。

「あ、おい⁉」

「いいから、動かないで！」

陽光を浴びてきらめく金髪も、亜麻色の髪も夢で見た嫌な光景と結びついて心臓に悪い。

彼の陰に隠れながら、表通りを仲睦《むつ》まじく歩く二人を見る。

「喫茶王冠《きっさおうかん》の予約を取っているんだ」

「まぁ。一年先まで予約が取れないあの？」

「そうだ！　行きたいと言っていただろう？」

「覚えていてくれたの？　ミア、嬉《うれ》しい！　スペン様大好き！」

どうやらスペンツァーとミアで間違いないようだ。

二人を観察しながら、リリーは内心呆れていた。

（どうして殿下とラングレー令嬢が……。いえ、野暮《やぼ》な話だったわ。まったく。白昼《はくちゅう》堂々浮気《うわき》ねぇ。私も舐められたものだわ）

今出て行き、ミアとの関係を問い詰めてもスペンツァーは反省しない。それどころかリリーが公務を怠《おこた》っていると癇癪《かんしゃく》を起こすだろう。

（よかった。気づかれたら厄介だもの）

笑い合うスペンツァー達を見送り、リリーはほっと息を吐いた。

「ずいぶんと大胆《だいたん》だな？」

「え？」

耳元で囁かれ、恐《おそ》る恐る視線を上げる。

唇《くちびる》が触れそうなほど近くにあった男の顔に、リリーはつま先から頭のてっぺんまで燃え上がりそうになった。

「ひゃあ!?」

今まで握っていた手を離し、朱《しゅ》に染まった顔を隠すことも忘れて後退《あとずさ》る。

あわてふためくリリーを面白《おもしろ》そうに眺めながら、彼は左肩《ひだりかた》を路地裏の壁に預けた。

逆光のせいか、彼の楽しそうな笑みが凶悪《きょうあく》に見える。

「こんなひと気のない路地裏に連れ込んで、いったい何をするつもりなんだ？」

「な、なにもしないわよ！」

「そりゃあ残念だな。こんな風に――」

彼の手が肩に乗ったと理解した時には、すでに壁に押しつけられていた。

目を見開くリリーを、彼は感情の読めないアイスブルーの瞳で見下ろしている。

脚《あし》の間に彼の長い脚が差し込まれ、逃げることも叶わない。

「――迫《せま》られることを期待していたんだけどな」

彼は妖美《ようび》な笑みを浮かべ、リリーの反応を待っている。しかし、リリーは一瞬にして壁に押しつけられたことに意識が向いていた。

（嘘《うそ》。油断していたわけじゃないのに。この人強い……！）

リリーが見上げれば、彼の端正《たんせい》な顔が目の前にあった。

「なんだ、口づけでもしてくれるのか？」

「なっ⁉　そ、そんな、は、はしたないことしないわ」

溢れ出る色気にクラクラしてしまい彼の顔から視線を落とす。

ざわついた心を落ち着けるため視線を彷徨《さまよ》わせると、マントから覗く長剣が見えた。

（鞘《さや》に龍《りゅう》の紋様《もんよう》？）

龍紋様で思い出すのはただ一つだけだ。

「モントシュタイン帝国……？」

「あ？　あぁ、これか」

自身の長剣に目をやった彼はつまらなそうにリリーから離れた。

「これって扱いをしていい物ではないでしょう？」

「俺が俺の物をどう扱おうが勝手だろ」

「答えて。どうして帝国民、いいえ。皇帝に近しい人間がここにいるの？」

モントシュタイン帝国は、人間と恋《こい》に落ちた龍が作った国と呼ばれている。

そのため、建国当初から龍が描《えが》かれた国旗を使用していた。しかし、前皇帝は自身を龍の末裔《まつえい》とは認めず、国旗を鷹《たか》紋様に変えてしまった。国旗だけでなく、硬貨《こうか》もすべて。

直後、今まで栄えていた帝国の経済は傾《かたむ》き始める。

国民達は龍神《りゅうじん》の怒りを買ったと怯《おび》え、恐怖《きょうふ》が伝染《でんせん》した結果、内乱まで起きたようだ。

疲弊《ひへい》した帝国を立て直したのは、皇太子《こうたいし》だと風の噂《うわさ》で聞いた。

皇太子が新たな皇帝として君臨し、全ての紋様を龍へ戻すと帝国は落ち着きを取り戻していったらしい。

なかなか表舞台《おもてぶたい》に出ない皇太子は、それまで王座を譲られなかったと有名な人物だ。

前皇帝の年齢を考えれば、皇太子はすでに壮年《そうねん》に差し掛かっていてもおかしくない。

若さゆえの価値観か、優秀な人材であれば老若男女《ろうにゃくなんにょ》関係なく雇用《こよう》するやり手だと聞く。

目の前の彼も皇太子——否、新皇帝の目に留まった有能な人材なのだろう。

「ふぅん？　なぜそう思う？」

「その飾り房。帝国の禁色じゃない。禁色を下賜《かし》された人がこんな所で何を——」

「いやぁああ!!」

突如《とつじょ》響《ひび》いた女性の悲鳴に二人同時に走り出す。

薄暗《うすぐら》く湿気《しけ》た路地の奥で、抵抗する女性を昏倒《こんとう》させ、担《かつ》ぐ甲冑が見えた。

「ったく、手間をかけさせやがって」

吐き捨てた声から甲冑をまとう人物が男なのだと悟る。

振り返った甲冑男がリリー達に気付き走り出した。

「あ、待ちなさい！」

路地のさらに奥へと足を進めれば、嫌でも路地の雰囲気が目につく。

道端《みちばた》には痩《や》せこけた人のような何かが伏し、地面に落ちた食べ物を犬と人が奪い合う。

そんな目を覆いたくなるような光景が繰《く》り広げられていた。

表通りとの温度差にリリーは思わず喉を鳴らす。だが、足を止めるわけにはいかない。

「意外だな。怖《こわ》くないのか？」

「怖いわよ。でもあの女性を助けるのが最優先だから、怖がっている暇はないわ」

彼の顔を盗み見れば、不敵な笑みを浮かべていた。

「違いない」

「あなたは逃げてもいいのよ」

「嫌だね。それに俺にも関係があるからな」

「？　誘拐事件は王国の問題よ。あなたが首を突っ込む必要はないわ」

「ふっ。丸腰《まるごし》でよく言う」

「丸腰じゃないわ。さっき買った短剣があるもの」

マントの中から短剣を覗かせれば、彼は楽しげな声で笑う。

「強気だな。そういう女は嫌いじゃない」

「そりゃあどうも」

「俺はジーク。あんたは？」

名をたずねられ、リリーは言いよどむ。

「……リリーよ」

本名を告げるわけにもいかず、愛称《あいしょう》を名乗った。

「なぁ。リリー」

「いきなり呼び捨て？　……まぁいいけれど。なに？」

「紋様が変わったのはつい一ヶ月前だが、それはあんたが帝国の内情にも詳《くわ》しい上流階級だと暴露《ばくろ》するようなものだ」

「っ、それは……」

言葉に詰まる。自分で蒔《ま》いた種だというのに、空気が重く感じてしまう。

笑いを押し殺すような声が聞こえ、ふとジークを見上げれば小さく肩を揺らしていた。

「からかったの⁉」

「どうだろうな？　そら、追いついたみたいだぞ」

あからさまに変えられた話題にむっとしつつも、視線で示された先へ目を向けた。

甲冑男が逃げ込んだのは、異質な二階建ての建物だ。

路地奥のさらに奥。あると知らなければ訪れない場所に、その建物はあった。

一階の窓ガラスは獣除《けものよ》けの鉄格子《てつごうし》が設けられているが、窓は木の板が打ち付けられており意味を成していない。同じように二階の窓も外から見えないようになっている。

「変な建物ね」

「だな。気づいているか？　あんた見られてるぞ」

「分かっているわ」

この場所に来てからずっと見られている。

リリーが視線を感じた方を見上げれば、三階の窓から睨む瞳と目が合った。

テラコッタの瞳が驚いたように見開かれ、マルベリー色の髪が慌てたように窓辺から離れていく。見覚えのある髪色。母譲りのその色の持ち主は――。

（ソフィアお姉様？　こんな所で何を……？）

同腹の姉であるソフィアがいる場所は何の建物だろうか。

「知り合いか？」

「ええ。ちょっとね」

少し目を見開いたジークが、すぐに表情を消してしみじみと呟く。

「ふーん？　……似てねぇな」

その言葉はリリーの耳には届かなかった。

「ねぇ、あの建物、何の店かしら？」

「あそこか？　喫茶王冠だな。貴族が好んで行く高級店で、面白い場所ではないぞ」

「喫茶王冠……？」

つい先ほど聞いた単語に、リリーは納得する。

（いかにも殿下やソフィアお姉様が好きそうな店だわ）

それよりも、とリリーは目を異質な建物へと向ける。

「私はこれから甲冑男が入った建物に乗り込むつもり。引き返すなら今のうちよ？」

「はっ。冗談だろ？」

好戦的に口角を釣り上げたジークはまるで得物を見つけた獣のようだ。

獰猛《どうもう》な表情にリリーが息を呑めば、ジークから挑戦《ちょうせん》的な視線が送られる。

「じゃあ潜入《せんにゅう》といこうか」

ジークが異質な建物の扉を開く。そこにはリリーの知らない世界が広がっていた。

むせ返りそうなほど充満《じゅうまん》した甘ったるい香りがリリー達を歓迎《かんげい》するように漂う。

薄暗い室内の天井には品のないシャンデリアが飾られていた。ゴテゴテと装飾の付いたそれに火は灯《とも》っていない。代わりに照明の役割をしているのは蝋燭《ろうそく》だ。

テーブルではビリヤードを。カウンターではトランプやルーレット。壁際《かべぎわ》ではダーツを楽しむ人達がいた。

（カジノ⁉　やっぱりあったのね……！）

王国ではカジノは全て違法である。そのため今の今までカジノの存在すら気がつかなかったリリーに罪を全て擦《なす》り付け、強引《ごういん》に解決しようとしたのだろうか。

（深入りは危険だわ。でも、冤罪の原因であるこの場も見ておきたい……）

無意識に歯を食いしばっていたのだろう。ぎりっと口内に響いた音で我に返る。

ジークに目を向ければ、なぜか彼もこちらを向いていた。

思わず視線を逸《そ》らし、周りへと目をやる。従業員や遊びに興じる人達も皆、顔半分が隠れる仮面を付けており、素性《すじょう》を探《さぐ》ることはできなそうだ。

（まるで仮面舞踏《ぶとう》会だわ。詮索《せんさく》禁止の場所ってわけね）

さっと室内を見回すが甲冑男の姿はない。奥へ目をやれば階段を見つけた。

（二階に上がったのかしら？）

階段に目を向けていると、後ろから伸びてきた手がリリーの鼻と口を覆い隠す。

視線だけで見上げれば、ジークも同じように鼻と口を隠すように覆っていた。

「あまり嗅《か》がない方がいい」

「それってどういう……」

「ようこそ！　会員証の提示をお願いします！」

リリーの声を遮るように話しかけてきたのはドアマンだ。

（会員証？）

初めて来たのだから、リリー達が会員証を持っているはずがない。

どうする？　と目で訴《うった》えかけるが、ジークは焦った様子もなくふむ、と考え込む。

黙《だま》り込んだジークに呆れつつ、リリーは口を開いた。

「さっき甲冑を着た人がここに来たと思うのだけれど、知らないかしら？」

「甲冑を着た……？　いえ。見ておりません」

顔半分が隠れた仮面のせいで表情が読めない。

出入り口はリリーの後ろにある扉しかないため、見ていないというのもおかしな話だ。

だが、これ以上何を聞いたとしてもドアマンは答えてはくれないだろう。

「そう。変なことを聞いたわね」

「いえ。それで会員証を……」

ドアマンが言いかけたと同時に、後ろの扉が開いた。

「お二人さん。先に行かないでおくれよ。一緒に楽しむって約束したじゃないか」

現れた褐色の男は、旧知の仲のようにジークの肩を抱く。

（この人、被害者の会の……？　ジークとどういう関係なの？）

見覚えのある彼は、城門で門番に詰め寄っていた被害者の会代表だ。

馴《な》れ馴れしく話しかける彼に驚いた様子もなくジークは頷いた。

「あぁ。悪い。待ちきれなくてな」

「仕方ないなぁ。はい、これが会員証さ！」

「会員証の提示ありがとうございます。それではこちらをどうぞ」

「どーもー！」

代表は人懐《ひとなつ》っこい笑顔で仮面を三つ受け取ると、慣れた手つきで仮面を付けた。

「お嬢さんもどーぞ」

「あ、ありがとう」

手渡された仮面を付けながら、リリーは代表を改めて観察する。

身長はジークと同じぐらいだろう。ジークとは違って野性味のある顔立ち。王国では珍《めずら》しい茶髪と褐色の肌、着古された服の袖口《そでぐち》からは鍛えられた筋肉が覗く。

（ジークの知り合いなのは確かよね。さっき城門で見た時と全然雰囲気が違うわ）

リリーの視線に気がついた代表が口を開く。

「ぼく、レヴェリー。よろしくね、可愛いお嬢さん。あ、そこ段差あるから気をつけて」

「あ、ありがどう」

「ん」

自然な動作で差し出されたジークの手に自身の手を重ねる。

仮面を付けた三人は奥へと進んだ。

勝った、負けたと盛り上がる室内を進みながら、リリーはやっぱりと納得した。

（会員制なのは違法《いほう》だからね。あぁ、もう。視線がねちっこくて嫌になるわ）

全身を舐め回すような視線は感じるものの敵意は感じられない。

同じような視線をジークも感じているようで、先ほどから僅かに眉を寄せている。

「ジークがこんな可愛い子を連れてくるとは思ってなかったよ」

「まったまたぁ！　照れることないじゃないか！　ぼくとジークの仲なのにさ」

「うるさい」

「……鬱陶《うっとう》しいぞ」

冷たくあしらわれてもめげないレヴェリーに、リリーはつい口元が緩《ゆる》んでしまう。

気が緩んだリリーを目敏《めざと》く見つけたレヴェリーは、にんまりと笑った。

「やっぱりお嬢さんには笑顔が似合うや！　ジークもそう思うよね？」

「はぁ。レヴェリー。甲冑を着た男だ」

「もー。まぁいいや。邪魔《じゃま》者は退散するよ。じゃっ、お二人さんは楽しみなね～！」

そう言ったレヴェリーは、ひらりと手を振ってカジノの奥へと消えた。

瞬《また》く間に消えてしまったレヴェリーを探すが、見つけることは叶わない。

（え？　さっきまでそこにいたのに、あの目立つ容姿を見つけられないなんて）

リリーが目を丸くしていると。ジークの腕が腰に回った。力強く引き寄せられ、リリーの口から上擦《うわず》った声が漏れる。

「ちょ、ちょっと。レヴェリーはどこに……」

「放っておけ。そんなことよりも、これからどうするかを考えた方がいいんじゃないか」

「やっぱり攫《さら》われた女性を捜《さが》したいわ」

「それはアレに任せておけ。手出しは無用だ」

「そうは言っても甲冑男を追いかけて来たのよ？　他に何をすればいいの？」

「来たからには何かゲームをしないとな。ほら、すでに怪しまれている」

もっともな言い分に反論の余地はない。

先ほどから視線が厳しいものに変わっていると、リリーも感じていた。

（せめて女性だけでも見ていないか聞こうと思っていたけれど、これは無理そうね）

声をかけられるような雰囲気でないのは明らかで、無理に強行すれば余計目立ってしまう。そのためリリーはゲームに興じる人達に声をかけるのを断念した。

（ジークはああ言っていたけれど、やっぱり少しは私達も捜すべきじゃないかしら？）

階段に目をやり、どうにかして上がれないかと思案する。

（二階も怪しいと思うのだけれど……）

リリーが階段を見ていると気がついたのか、ジークが呆れたようにため息をついた。

「その様子じゃ二階がどういう場所か、想像もついていないそうだな」

「どういうこと？」

「まぁいい。行きたいなら連れていってやる。その代わり一芝居《ひとしばい》付き合え。いいな？」

有無《うむ》を言わさぬ声色《こわいろ》に、リリーは頷いた。

「わ、わかったわ」

リリーは人の集まるテーブルまでエスコートされ、ジークが引いた椅子《いす》へと腰掛《こしか》ける。

目の前の緑色のテーブルはディーラーが代わったばかりのようで準備中だった。

リリーはゲームの用意を進めるディーラーへと目を向ける。

身長の低い男性だ。短く切り揃えられた綺麗《きれい》な金色の髪と仮面から覗く灰色の瞳は王国ではよくある色彩だ。彼が白い手袋《てぶくろ》をはめ直す際に黒く塗《ぬ》られた爪が見えた。

(男性が爪を塗るなんて珍しいわね)

ルーレットの前に立つディーラーが小さなボールを握ると、手元を照らす蝋燭の光で金色の腕時計がきらめく。

(あら？　あの腕時計、どこかで……？)

腕時計は値段が高く、富裕《ふゆう》層であっても簡単には購入できないだろう。そのため、付けているだけで立場を理解できてしまう品物だ。

「賭けてください《プレイスユアベット》」

しかし、リリーが思い出そうと頭を悩《なや》ませる暇もなくゲームが始まってしまった。

目の前には赤と黒の数字や文字の書かれた緑色のテーブルがあり、何をする物なのか分からないリリーは周りを観察することにした。

変声期のようなディーラーの掠《かす》れた声にかき立てられ、参加者がテーブルに硬貨を置き始める。置かれた硬貨は銀貨や銅貨の違いはあれど、全て鷹紋様のモント硬貨だ。

王国の通貨であるディア硬貨でないことに、リリーは眉を寄せた。

（どうして帝国の通貨が使われているの？　しかも鷹紋様の硬貨は旧硬貨じゃ……？）

後ろに立つジークから怒気を感じる。だが口を開く様子はない。

賭《か》け金を出さなければ始まらないとリリーは財布からディア銀貨を一枚取り出した。

たったそれだけのことで小さなどよめきが起こった。

（え、なに？　もしかして高価すぎたかしら？　でも銀貨も置かれているし……）

一般的な平民であればディア銀貨一枚で一週間は不自由なく暮らせる。

大金と言えば大金ではあるが、ディア金貨よりもマシだろう。もし両替《りょうがえ》するとなると
ディア金貨一枚でディア銀貨が百枚必要だ。

そこまで動揺させるようなお金だろうかとリリーがディア銀貨を見つめていれば、ディーラーから申し訳なさそうな声がかかる。

「申し訳ありません。当店はモント硬貨のみのお取り扱いとなっております。両替が必要でしたらこちらで行いますが、いかがなさいますか？」

「……仕方ないわね」

リリーの手元にはディア硬貨しかない。ディーラーにディア銀貨を渡せば、鷹紋様のモント銀貨が十枚手渡された。手にのった銀貨の多さにリリーは焦る。

（今の相場だとディア銀貨一枚ではモント銀貨一枚にも満たないはず。せいぜいモント銅貨五十枚でしょうに）

しかし二人のやり取りを見ていた周囲の客に驚いた様子はない。

(こんなに安く両替できてしまったら、帝国硬貨の価値が暴落してしまうわ)

手渡されたモント銀貨をまじまじと見つめていると、ジークの手が肩に乗った。

「ここは俺に出させてくれないか?」

そう言いながら彼はテーブルに数え切れない量のモント金貨が入った袋《ふくろ》を置いた。

目が飛び出そうなほどの大金にリリーが狼狽《ろうばい》してしまう。

(何を平然としているのよ!? こ、こんな大金を持ち歩くなんて、本当に何者なの!?)

リリー同様、龍紋様のモント金貨の山に参加者もディーラーも固まっていた。だが、ディーラーはすぐに立て直し頭《こうべ》を垂れた。

「十分にございます」

「よかった。じゃあそれはしまっておいて」

ジークの行動の意味は分からないが、彼の指示通り鷹紋様のモント銀貨を財布に入れた。

「ほら、リリーがずっとやりたがっていたルーレットだ。好きに賭けて?」

とろけるような優しい笑みと声色で名前を呼ばれる。

リリーが驚きで固まっていると、ジークが耳へと唇を寄せてきた。その唇は綺麗な弧《こ》を描いたまま、リリーにしか聞こえない音量で囁く。

「一芝居。俺とあんたは恋人《こいびと》。いいな?」

体勢を戻した彼から本当に恋人になったと錯覚《さっかく》しそうな視線を向けられる。

綺麗なアイスブルーの瞳に見つめられ、リリーの胸がどきりと跳ねた。

（嘘だと分かっていても顔が良いと恥ずかしくなってしまうわね）

単なる芝居だというのに、リリーの心は正直に反応してしまうのだから笑えない。

「リリー？」

「なんでもないわ」

テーブルに置かれた袋から金貨を一枚取ったリリーは、どこに賭けようかと緑のテーブルへと目を向けた。

多くの賭け金が置かれているのは黒と赤のひし形が描かれた区画だ。その次に多いのは一から十八、十九から三十六と書かれた区画で、順に偶数《ぐうすう》・奇数《きすう》と書かれた区画。一から十二、十三から二十四、二十五から三十六と分かれている区画は人気がない。

（とりあえず、ここに置いてみましょう）

リリーはルーレットのルールを理解していない。人と同じ場所に置いても意味がないと判断し、誰も賭けようとしない数字の書かれた区画へ手を伸ばした。

五と書かれた赤色区画に賭け金を置く。

銀や銅の鷹《たか》がまばらに輝く台の上。金色に輝く一柱の龍が静かに主張している。

満足そうに頷いたリリーとは反対に、参加者は失笑《しっしょう》を漏らす。

「ストレート・アップ、ねぇ？　随分《ずいぶん》と強気だな」

からかいを含んだジークの声が上から降ってきた。

「ストレート・アップ……？」

「なんだ。知らずに賭けたのか？　賭け金《ベット》三十六倍だ」

「さっ⁉」

ルールも定石《じょうせき》も、何も理解していないリリーだが、当たれば一枚の金貨が三十六枚となって返ってくると理解できた。同時に当たる確率が非常に低いことも。

（だから誰も置いてなかったのね。人のお金でなんてことを……）

リリーの顔に焦りが浮かぶ。

「締め切りです《ノーモアベット》」

ディーラーの合図でボールがルーレットへと転がった。

軽い音を立ててボールがルーレット内を転がり続ける。ゆっくりと勢いが落ちていき、五と書かれた赤色のポケットへ入りかけ、隣の黒の十で止まった。

残念がる声と嬉しそうに弾《はず》む声が参加者から発せられる。

「惜しかったな」

「はずれははずれよ」

「ならもう一回だ」

「うぇ？」

　モント金貨を五枚握らされ、リリーの口から変な音が漏れた。

　頬が引き攣《つ》ったリリーの些細《ささい》な変化を逃さず、ジークはいたずらな笑みを浮かべる。

「笑顔が引き攣ってるぞ」

「誰のせいよ。誰の」

「そりゃ俺のせいだろうな」

「分かっているなら、そんな大金渡さないで」

「たかだかモント金貨五枚が大金ねぇ？　あんた本当に貴族か？」

「う、うるさいわね」

　顔を寄せ合いニコニコと会話するリリー達は、端から見れば仲睦まじい恋人同士の戯《たわむ》れにしか見えないだろう。

　ひそひそ会話するリリー達の前をディーラーが一度横切り、戻ってきた。

「いいから。もう少し付き合え」

「あとで返せって言われても返せないわよ？」

「俺がそんな小さい器《うつわ》に見えるか？」

「……見えないわね。もう、分かったわ」

　モント金貨五枚を握りしめ、リリーが前を向けばディーラーがゲームの始まりを告げる。

先ほどのディーラーとは違い、少し高めのハスキーな声色で合図が行われた。

「賭けてください《プレイスユアベット》」

「！」

ディーラーの声に反応したのはリリーだけではなかった。

先ほどディーラーが横切った時に入れ替わったのだろうか。中性的なディーラーに参加者が色めき立つ。

ジークが参加者に交じって素早《すばや》く顔を上げ、自然な動作で辺りを見渡した。

周りに関しては彼に任せ、リリーはディーラーを観察する。

長い灰色の髪を一つにまとめた見た目のせいで性別の判断がつかない。女性のように身体《からだ》の線が細いのも要因だろう。仮面から覗く赤色の瞳と顎《あご》のほくろが特徴《とくちょう》的だ。

（あら、こんな所で赤色の瞳を見るなんて珍しいわね）

リリーとディーラーの目が合う寸前、リリーはモント金貨五枚を全て二十八へと置いた。

思惑《おもわく》通り、目も眩《くら》むような大金にどよめきが上がる。

大金に視線が向いた隙に情報を擦《す》り合わせるため、リリーは彼の頭を片手で引き寄せる。

ジークが少し息を呑んだが気にしない。

「さっきのディーラーは？」

「階段の裏に消えていった。従業員用の部屋でもあるんじゃないか？」

「確かに。ねぇ、ワンプレイでディーラーが代わることはよくあるのかしら？」

「粗相をしたのならあり得るが、丁寧《ていねい》な接客だったからな。ありえない」

店のルールをしっかりと説明できるディーラーだった。だというのに、ディーラーが代わるのはあまりにも不自然だ。

「締め切り《ノーモアベット》です」

ディーラーの合図でルーレットが回り出す。ボールをルーレットへと転がす手には手袋がはめられておらず、よほど焦って交代したのだと窺《うかが》えた。リリーはボールよりもディーラーの整えられている爪につい目がいってしまう。

ルーレットの音に紛れてジークが口を開いた。

「それと客が一人増えている。こんな奥まった場所だ。そうそう客は増えない」

「そうね。たまたま来られたとしても、会員証がなければ追い返されるだけだもの」

「だから把握もしやすかった。あぁ、一応聞いておく。あんた、命を狙われる覚えは？」

「……は？」

時が止まった気がした。周りの音が遠のき、鼓動が早くなる。

体に刺さった剣の冷たさ。ぽっかりと胸に開いた穴から血が流れ、命が零れる感触。

夢で見た死の感覚が蘇《よみがえ》り、リリーの体から血の気が引いていく。

「悪い。嫌なことを聞いた」

リリーのただならぬ様子に、何か思うところがあったのだろう。

ジークは顔をリリーの頬に擦《こす》り付ける。それは慰《なぐさ》めようとして行われた行動だろうが、リリーは別の意味でぎくりと体を強《こわ》ばらせた。

(な、ななな)

なんとか口から溢れそうになった奇声《きせい》は飲み込んだが、スキンシップが過剰《かじょう》だ。

「このゲームが終わったら酒を頼《たの》む。飲むフリをして酔《よ》ったと口にしろ。わかったな？」

「なんでそんなことを……？」

「わかったな？」

「え、えぇ」

「いい子だ」

優しげな声にジークから視線を逸らせば、笑った気配がした。

(絶対からかわれているわ！)

スキンシップに慣れていないとバレているのか、リリーが困っているのを楽しんでいると感じるのは気のせいではないだろう。

「ほら、ボールが止まるぞ」

カツカツとボールがルーレット内を跳ね、二十八へと吸い込まれる。が、またしても勢いは止まらず、隣の七へと弾《はじ》かれた。

「絶妙《ぜつみょう》に運が悪いな、あんた」

明らかな嘲笑《ちょうしょう》だが、顔の良さのせいで、ただ呆れて笑っているようにしか見えない。

（顔が良いと自覚している男はこれだから……）

むっと唇を突き出し、リリーはテーブルに肘《ひじ》をつく。

リリーの様子に満足したのか、楽しそうに笑ったジークがディーラーに声をかけた。

「君。彼女に合う酒をもらえるかな？」

「かしこまりました」

独特な注文の仕方だと眺めていれば、バラの形をしたグラスが目の前に置かれる。中を確認すれば、ピンク色のどろっとした液体が入っていた。明らかに酒の見た目ではない。

（これを？　飲むフリ？）

リリーは内心げんなりした。得体の知れない飲み物に口を付ける行為《こうい》は勇気がいる。

ジークが何を企《たくら》んでいるのか分からない。しかし、彼は自信があるのだろう。背筋を伸ばす姿が眩《まぶ》しい。そんな自信のある態度は頼もしくもあり、少し羨ましくもあった。

（責任、取ってもらうんだから！）

リリーは覚悟《かくご》を決めてグラスを呷る。そして、指示通り「酔っちゃった」と口にした。

リリー達が案内されたのは、二階の一番奥にある部屋だ。

寝台とサイドテーブルしかない殺風景な部屋だが、至る所にバラが飾られていた。

バラを模した蝋燭が木の板で閉ざされた薄暗い部屋をほんのりと照らす。

一階よりもさらに甘ったるい匂《にお》いが充満しており、リリーは思わず顔を歪めた。

隣の部屋からは時折、獣のような声が聞こえる。部屋に来る前にも同じような声が漏れていたが、リリーは何をしているのかさっぱり理解できない。

先ほどからジークは眉を寄せ、何をするわけでもなく壁に背を預けて立っている。

リリーは寝台に腰掛け、抗議《こうぎ》の声を上げた。

「これ、どうしてくれるのよ」

リリーはピンク色に染まった袖口を見せつけるが、ジークは動じない。

「二階に来たかったんだろ？　何が不満だ？」

「この服！　ベトベトなんだけど！　結構気に入ってたのに、もう」

得体の知れない物を一度でも口に含みたくなかったリリーは、酒を袖口に流し込むという荒技《あらわざ》を使い、なんとか乗り切った。薄暗い場所でしか使えない手法だが、効果は絶大だ。

「なんだ。そんなことか」

「お気に入りって言葉が聞こえなかったのかしら？」

「聞こえている。そうだな、これが解決したら服を贈ってやる。……嫌か？」

「へ？　い、嫌とかそういう問題ではなくって……」

「ならどういう問題があるんだ？」

試《ため》すような視線に、リリーは呆れたように懸念《けねん》を口にする。

「あなたも貴族なら婚約者の一人や二人いるでしょう？　嫉妬《しっと》を買うのはごめんだわ」

「婚約者が何人もいてたまるか」

「ふふっ。今のは素直《すなお》ね」

心底嫌そうなジークに、リリーは怒りも忘れ思わず笑ってしまった。

「機転の利《き》いたいい判断だったと思うぞ。飲んだら無事じゃいられなかっただろうしな。酒もこの匂いもある意味、人間にとって毒だ」

「毒……？」

首を傾げたリリーにジークは頷いた。

「あぁ。理性を溶《と》かしてしまうような物だ。使いすぎれば生きた屍《しかばね》と化す」

「……やけに詳しいわね」

「万が一のために少し毒には慣らされているからな」

「物騒《ぶっそう》な育ちね」

「ふっ。俺に興味が沸《わ》いたか？」

「全然」

やれやれと肩をすくめたジークが話を戻す。

「つれないな。それで、アレを飲んでいたらどうなっていたか、分かるか？」

「今の流れで分かる要素なんてあった？」

「あっただろ。……あんた、さては箱入りだな？」

「？　箱入りでなくても分からないと思うわ」

首を傾げるリリーをジークは信じられないという顔で見、さらにため息をつかれた。

「な、なによ」

むっとジークを見れば、彼は何かを思いついたような目をしていた。

嫌な予感にひくりと頬が引き攣る。

ジークが近づいてきたかと思うと、リリーは瞬く間に寝台へと押し倒された。

ミルキーホワイトの髪が散らばり、二人分の体重がかけられて寝台が軋む。

両手を柔《やわ》らかな布団《ふとん》へ縫《ぬ》い付けられ身動きが取れない。どれだけリリーが力を込めようと、彼の腕はびくともしなかった。

（え？　なんで？）

目の前に迫るジークの顔に、リリーは困惑しきった表情を浮かべる。

状況についていけない頭に、背をなぞり上げるような色の声が降ってきた。

「リリー」

自分の名前でなくなったかと錯覚しそうなほど甘い声に、リリーは全身が茹《ゆ》で上がる。

「顔真っ赤。可愛いな」

「な、なっ！」

「ここはこういう場なんだよ」

「へ？」

艶《つや》のある声とは裏腹に、アイスブルーの瞳は冷め切っている。

「さっきのアレは自分の意識関係なくまぐわいたくなる類いの物だ。この甘ったるい香りも同じような効果があるだろうな」

「そ、そんな卑猥《ひわい》な……!!　言い方ってものがあるでしょ！」

「あ？　これでもオブラートに包んだ方だろ。これ以上どう言えと？　おしべとめしべがくっつく所か？　箱入りにも限度があるだろ」

「だ、だからって、こ、こんなはしたない体勢になる必要……」

小さくなっていくリリーの声に、ジークは呆れた顔で肩をすくめる。

「はいはい。わかったわかった」

「何がわかったのよ！」

羞恥《しゅうち》を紛らわすように大きな声を出すが、ジークは飄々《ひょうひょう》としている。

かと思えば、優しく抱き起こされるのだから、リリーはますます混乱してしまう。

（この人が何を考えているのか、全く分からないわ）

じとりと彼を見ていれば、ジークが横に座り肩をすくめた。

「あんたは見た目によらず強情《ごうじょう》だな。というか、免疫《めんえき》がないってレベルじゃないぞ。婚約者とそういう雰囲気になるだろ、普通《ふつう》」

「ならないわよ！」

「は？　あんた、自分の顔見たことないのか？」

「それ、馬鹿にしているの？　喧嘩《けんか》なら買うわよ」

「買わなくていい。なんでこんなに可愛い婚約者を持っていながら手を出さないんだ？」

真剣に考えているのか、ジークの口は止まらない。

「腑《ふ》抜けか、朴念仁《ぼくねんじん》……へたれか？」

「ちょ、ちょっと待って。私に魅力《みりょく》がないのは自分がよぉく分かっているわ」

「は？」

「婚約者と対《つい》のドレスも、装飾品だって贈られたことないもの。私なんかが着飾ったところで無駄だってことでしょ？」

白昼堂々行われていたスペンツァーの浮気も、元を辿ればリリーに魅力がないからだ。

「あんたの婚約者、見る目ねぇな」

ジークの指がリリーの頬をなぞる。

「こんなに可愛いのに」

そう言ったジークは、掬《すく》い上げたミルキーホワイトの髪に口づけた。

今まで体験したことのないようなスキンシップの嵐《あらし》に、リリーは卒倒《そっとう》寸前だ。

「少なくとも俺の知る限り、機転が利いて度胸もある女はいない。だから誇れ。あんたは十分魅力的な女だ」

「っ」

「努力の賜物《たまもの》だろうな。仕草一つとっても品の良い動きだ。どうすれば相手にそう見られるか、体に叩《たた》き込んできたんだろう？　その姿勢、素直に尊敬する」

ジークの言葉が、すとんと心に落ちる。

魅力がない。努力が足りない。そう言われ続けたリリーにとって、初めての評価だった。

彼の言葉には、積み上げられた呪詛《じゅそ》を溶かすだけの力があった。瓦礫《がれき》の中に埋《う》まってしまった心に潤《うるお》いをもたらし、傷つかないよう閉ざした心に染み渡る。

リリーは初めての正当な評価に救われた気がした。

「あれ、なんで……」

嬉しいはずなのに、視界が歪む。ポタポタと手の甲《こう》を濡《ぬ》らす涙に一番驚いたのはリリー自身だ。意識とは別に溢れる涙を押しとどめるため袖口で拭おうとするが、汚《よご》れた袖口では拭うこともままならない。

もちろん驚いたのはリリーだけではなかった。

ジークも予想外だったようで、困惑した顔をしている。

「どうして泣くんだ……？」

「ごめっ、なんか止まらなっ」

「あー。俺は何も見てないから安心しろ」

ぐいっと引き寄せられ、ジークの肩に顔を押しつけられた。

幼子にするようにぽんぽんと背中を優しく叩かれ、さらに涙が溢れる。

嗚咽《おえつ》が漏れないようジークの肩へ顔を押しつければ、ぎこちなく頭を撫でられた。

「これは独り言なんだが」

長い指が優しくリリーの髪を梳《す》く。

「良い女っていうのは、失った時初めて気づくんだよ」

「なによ、それ」

「ただの独り言だ。あぁ、独り言ついでにもう一つ。俺の目的は、帝国にはびこる贋金《にせがね》の出所を突き止めることだ」

到底《とうてい》信じられない言葉がジークの口から飛び出した。

涙に濡れた顔を隠すのも忘れ、ジークを見る。彼の表情にからかいの色は一切《いっさい》ない。

「どういうこと……？　贋金？」

「両替された金とこれを比べてみれば分かる」

「さっきのモント銀貨……？」

財布から銀貨を取り出せば、ジークから同じ鷹紋様のモント銀貨を手渡される。

怪訝《けげん》な顔をしながらも、両方を比べる。

ジークから渡された物も、両替をした物も、大きさや側面のギザは変わらない。

（重さが、違うような……）

僅かに両替した旧モント硬貨の方が軽く感じる。そして、リリーは決定的な違いを見つけてしまった。

鷹紋様が異なっているのだ。

両替された方はかぎ爪が三本あり、ジークから渡された物にはかぎ爪が二本しかない。巧妙《こうみょう》に作られたそれは、よく見ることがなければ気がつかないだろう。

「気づいたな」

「これ、って」

「あぁ。間違いなく贋金だ。帝国内で出回った物と同じ、な」

がんがんと頭を木槌《きづち》で何度も殴《なぐ》られるような痛みがリリーを襲う。

涙を流したせいで頭が痛いのか、ジークの言葉に頭が痛くなったのか、分からなかった。

「いきなり龍紋様に変わったのは……」

「ふっ。そうだ。これを使えなくするためにやった。それに旧モント硬貨は全て回収済みでな。国際社会では使えない。だというのに、まだ手元にある旧モント硬貨で取引したいと言っている国が一つあった」

「ま、さか」

「そのまさかだ。会員制の違法カジノ。ここで使われているのはどこから湧いて出たのか分からない贋金。ディアマント王国はよほど我が国を愚弄《ぐろう》しているとみた」

嘲笑を浮かべるジークの瞳は背筋が凍《こお》り付きそうなほど冷たい。先ほどまでリリーを慰めていた優しさは感じられず、その変わり身の早さは同一人物か疑いたくなるほどだ。

「そ、そんな、外交問題どころの話じゃないわ。国際条約に反する大事件よ」

狼狽するリリーを見たジークは、張《は》り詰めた空気を変えるように軽《かろ》やかに笑った。

「あんたは関係なさそうで安心した」

「……私を疑っていたの？」

「あぁ。だが疑惑《ぎわく》は晴れた。リュビアン公国第四公女リリアンナ・フォン・リュビアン」

隠していたはずの身分を言い当てられ、リリーは咄嗟に反応できなかった。

息を呑んだリリーに、ジークは言葉を続ける。

「調査の結果、誘拐事件の件数と贋金の流入数が比例しているとわかった」

「それって……」

「十中八九、関係があるだろうな。疑ってくださいと言っているようなものだ」

「その話、私にしてよかったの？」

国家を揺るがす可能性が高い事件だ。他国の姫に話していい情報ではない。

「ん？　別に構わないさ。あんたは俺の味方になるだろ？」

「簡単に言うわね」

「俺の判断に間違いはない。知ってしまえば、あんたは見過ごせないはずだ。知らぬ存ぜぬではいられない。違うか？」

この短時間でリリーの性質を完璧《かんぺき》に見透《みす》かされていた。

黙り込んだリリーの頭をわしわしと撫でながら、ジークが笑う。

「無言は肯定《こうてい》だな。さてと、あんたもそろそろ落ち着いたよな？　手伝え」

「……仕方ないわね。いいわ。あなたと手を組んであげる」

「ふっ。じゃあこんな所、早く出るか」

「ええ。ねぇ、少し焦げ臭《こくさ》いような……。まさか！」

立ち上がったリリーは足早で扉へと近づき、ドアノブに手をかけ――

「っ、熱っ⁉」

手のひらが焼き付く感触。あり得ない痛みに手を引っ込めたリリーはドアノブを睨んだ。

いつの間にかリリーの後ろに立っていたジークから、心配そうな声が聞こえた。

「おい、大丈夫《だいじょうぶ》か」

「ええ。問題ないわ。それよりも」

「あぁ。甘ったるい匂いのせいでここまで気がつかなかった。ちょっと下がってろ」

一歩リリーが下がったことを確認したジークは、扉に向かって勢いよく回し蹴《げ》りを食らわせた。バキッ！　と盛大な音を立てて破壊《はかい》された扉の隙間を縫って黒煙《こくえん》が入り込む。

素早く部屋を出たジークが廊下《ろうか》を一瞥《いちべつ》し、盛大に舌打ちをした。

「やはり火事か。窓を突き破《やぶ》るより、階段を降りた方が速い。行くぞ！」

ジークの破壊力に目を丸くしていたリリーだったが、手を摑まれた痛みに呻《うめ》いた。

「！　悪い」

「大丈夫よ。行きましょう」

廊下に出た途端、視界に飛び込んでくる赤が本能的な恐怖を駆り立てる。

（どうしていきなり火事が起きたの⁉）

疑問を抱きながらもまだ火の手がない方へと駆けた。背後で唸《うな》りを立てる真っ赤な火と黒煙が、焦燥《しょうそう》感を煽る。

リリーはポケットからハンカチを取り出し、口を覆った。煙《けむり》を吸うのは命を焼く行為だ。

ジークもアイスブルーのハンカチで口元を覆っていて少し安堵する。アイスブルーのハンカチから龍紋様の刺繍《ししゅう》が見えた気がしたが、今はそれに言及《げんきゅう》する暇はない。

二人は全てを燃やし尽《つ》くさんと迫る火の帯から全速力で逃げる。

ぐるりと一周できる行き止まりがない回遊動線のおかげで、階段へは辿り着けそうだ。

(ただの火事にしては火の周りが早すぎるわ。それに……)

隣を走るジークと目が合う。

「偶然《ぐうぜん》じゃないな」

「そうね。これはきっと仕組まれた火災だわ」

「贋金を嗅ぎつけたと勘付かれたか、あんたが狙われているか、どっちだろうな?」

夢での出来事を思い出す。あれは確かに仕組まれたものだった。しかし、この火災とリリーの襲撃《しゅうげき》が関係あると言い切るには証拠が足りない。

「なんでそこで私が出てくるのよ」

「身に覚え、あるんだろ?」

「……ないわよ」

軽口を叩きながらも、足は確実に階段へと向かう。

「はっ。どうだか。俺はこんな所で死ぬわけにはいかない」

「奇遇《きぐう》ね。私もよ」

燃え盛《さか》る火がたまに小さな爆発《ばくはつ》を起こし、焦燥感を招く。

（あぁもう！　窓さえ機能してれば……！）

まるで火をつけると決まっていたかのように窓は閉ざされ、逃げ場がない。

一階の出入り口へ向かうことだけが、この窮地から脱出《だっしゅつ》できるたった一つの打開策だ。

焦熱《しょうねつ》の気配がゆっくりと、着実に近づいてくる。

（見えた！）

階段の踊り場が見え、体を支配する焦りが僅かに収まった気がした。

リリーは勢いのまま駆け下《お》りようと足を踏み出し――

「止まれっ‼」

――ジークの腕に止められた。

そこにあるはずの階段がない。怪物《かいぶつ》がぽっかりと口を開けているような光景に、リリーは息を呑んだ。

「もしこれがあんたを狙ったものだとしたら、どんな恨《うら》みを買ったんだろうな？」

「知らないわよ。それに恨む覚えはあっても、恨まれる覚えなんてないわ」

「まぁ恨みはどこで買ったか分からないものだしな」

自嘲《じちょう》気味に笑ったジークが後ろを振り返り、冷《ひ》や汗《あせ》を垂らす。彼に倣《なら》い後ろを振り返えれば、引き返すことは到底できないほどの火の帯と黒煙が迫ってきていた。

「焼死《しょうし》？　冗談じゃねぇ」

戸惑うことなく一階へと飛び降りたジークがリリーを見上げ、手を広げる。

「来い！　受け止めてやる！」

彼の言葉に引っ張られるようにリリーは飛び降りた。落ちる視界の端で、赤が揺れる。

火に炙《あぶ》られ熱いはずの背に、氷を当てられたような悪寒が走った。

「っ⁉」

頬を走った痛みにリリーは目を見開いた。

ばちばちと何かが焼かれる音に混じり、舌打ちが鼓膜《こまく》を打つ。

空中で体を捻り、二階を見上げるが誰もいない。

「っ、おい！」

軽い衝撃が背中に伝わる。宣言通りジークはちゃんと受け止めてくれたようだ。

「今、人が……っ⁉」

降ろされたリリーが顔を上げる寸前、ジークに腕を引かれた。瞬間。リリーのいた場所に複数の小さなナイフが突き刺さった。

見覚えのあるそれにリリーの顔が強ばる。

「足を止めるな。格好の的になる」

「あ、ありが――」

「その言葉は無事に脱出してからだ。つーか、やっぱあんた、狙われてるみたいだな」

「……そうみたいね」

頷いたリリーは、改めて周りを見回し愕然とした。

(けっして楽観視していたわけじゃないけれど、これはあまりにもっ)

賭け事を楽しんでいた場所はすでに炎の中だ。その様はまるで津波《つなみ》のようで、物も、人も関係なく呑み込むだろう。燃えたトランプが赤い蝶《ちょう》のように舞《ま》い、灰となり消えていく。

扉に目を向ければ、ルーレット台や椅子などが出入り口を塞《ふさ》いで轟々《ごうごう》と燃え盛っている。

意図的に塞がれた出入り口に、殺意を見た。

よほど青い顔をしていたのだろう。ジークは放心するリリーを叱咤《しった》する。

「他の出口を探すぞ！　従業員用の裏口ぐらいあるだろ」

「わ、わかったわ」

「よし」

できる限り炎から遠ざかりながら、裏口を探す。

リリーは飛び降りてきた階段へ目を向け、不自然に代わったディーラーを思い出した。

「階段の裏！」

「！　なるほどな。埋もれてないといいが……」

腕を引くジークが踵《きびす》を返した。釣られてリリーも方向転換《てんかん》をする。

「可能性に賭けましょう」

「はっ！　奇《く》しくもここは賭けの場だからな。だとすれば賭け金《ベット》は俺らの命か」

逆境をものともせず軽口を叩くジークが一歩早く階段裏だった場所へ辿り着いた。だが、そこには扉の影も形もない。足下《あしもと》で火の粉が舞い上がる。

「ちっ。俺らの運は悪いからな。そう簡単にはいかないか」

「私はそこまで運が悪いわけではないと思うわよ」

「あんだけルーレット外しておいて運が悪くないって嘘だろ？」

「それは……」

言葉に詰まったリリーを引くジークの手は優しい。

「冗談だ。それに俺だって運が悪いんだ。気に病《や》んでも仕方がない。運関係なく、欲しいものは手に入れればいいだけだろ？」

「……そうね」

「でだ、こんだけ焼けてちゃ潜める場所も少ない。あんたを狙ってる敵は逃げ道を確保しているはずだ。いっそ捕まえ――」

ジークの言葉を遮り、目の前に雷《かみなり》が落ちたような轟音《ごうおん》が地を這う。

建物が揺れ傾くような衝撃の中、力強く背中を押されたリリーが床に倒れ込む。

「きゃっ⁉」

「ぐっ」

素早く体勢を立て直したリリーの目に飛び込んできたのは、ジークが建材の下敷《したじ》きになっている光景だった。

「ジーク‼」

建物の崩壊《ほうかい》により淀《よど》んだ空気が流れ込む。だがそれはすぐさま熱風に変わった。

リリーはジークの元へ駆け寄り、彼の上に乗っている建材をどかす。

顔を歪めながら立ち上がったジークだが足下がおぼつかない。彼を支えるため体に手を回す。ぬるりとした感触にリリーは目を見開いた。

リリーは傷に障《さわ》らないよう気を使いながら、ゆっくりと歩き始める。

「私なんて庇《かば》わなくてもよかったのに……。いえ、あの場に行こうと私が言ったからね。ごめんなさい」

「謝るな。体が勝手に動いたんだよ。だから、リリーに責任はない」

「こんな時にばかり名前を呼んで。ずるいわ」

「ふっ。俺はずるい男だからな」

耳元で小さく笑う音がした。水滴《すいてき》を溢れ出させないため、リリーは眉間《みけん》に力を入れる。

(泣きたいのは私じゃない。ジークよ。それにこんな所で襲われたら……)

最悪を想像したリリーの耳に、かすかだが声が聞こえた。

「――はや――いそ――るぞにげ――っ⁉」

その声は騎士団長に違いない。それは砂漠《さばく》でオアシスを見つけたような、安堵感をもたらした。ジークも気がついたのだろう。安堵するように息を吐いていた。

（きっと騎士団が消火に来たのね！　声を上げればきっと見つけてくれる……！）

リリーが叫び声を上げようと口を開けたその時。ぞっと、足下から悪寒が這い上がる。

「っ⁉」

懐《ふところ》から短剣を取り出し構えれば、甲高《かんだか》い音を立てて弾かれる小さなナイフ。

心の臓を狙って放たれたそれは殺意の塊《かたまり》だ。

「姿を見せなさい‼」

リリーの叫びも空《むな》しく、ナイフは飛び続ける。

「おい。俺を庇わなくていい。離せ。俺も戦える」

「そんなボロボロの体で何を言っているのよ」

「大丈夫だ」

無理やり離れたジークが剣を抜いた。怪我を負っていても、ブレのない構えだ。

「背中は任せた」

「っ、えぇ」

リリーとジークが背中合わせで立ち、警戒を強める。しかし、攻撃が止《や》み、物が焼ける音だけが響く。じわじわと這い寄る死の気配を嫌でも感じてしまう。

甲高い音とともに短剣が地面へと落ちた。

「今度は得物が大きくなったな」

互いの動きが手に取るように分かるため、かけ声すら必要ない。

（戦いやすい）

胸がどきりと高鳴った理由がリリーには分からなかった。しかし、その永遠に続けばいいと思うほどの共闘《きょうとう》はあっさりと終わりを告げる。

「――っ」

ジークが痛みに呻く。庇おうとしたリリーを牽制《けんせい》するように小さなナイフが襲いかかった。一回り以上大きな短剣を捌《さば》いてきたことが仇《あだ》となり、反応が遅れてしまう。

肩を掠めた小さなナイフが床に突き刺さり、リリーがジークから目を離した、その瞬間。

炎とは違う赤がリリーの顔を濡らす。生温かな赤にジークへと視線を戻せば、彼の胸に深々と長剣が刺さっていた。

「ジークっ!!」

「……あ？　ごふっ」

剣から滴る赤と、ジークの体を伝う赤が床で混じり合う。足下で揺れる赤色のスカートしか見えないが、敵は女性だと悟った。

無情にも剣を引き抜かれ、ジークが力なく崩れ落ちる。床に倒れ込む寸前で抱き留《と》めたものの、彼の体は予想以上に重い。体勢を崩したリリーはジークと共に倒れ込む。

「早く、逃げろ」

「馬鹿なこと言わないで！　あなたを置いて逃げるほど腐《くさ》ってないわ！」

「っ、ばか。やめろ。見れば分かるだろ、致命傷《ちめいしょう》だ」

リリーは自身のスカートを裂いて、ジークの傷口に巻きつける。

「そんなことない！　あなたは大人しくしていて」

どれだけ押さえても一向に止まる気配がない血は足下に血だまりを作り続けていた。

(この感覚、私は知っている……？)

夢の光景を思い出してしまい、リリーは頭を振る。

ジークの背を壁に預ければ、彼は青い顔で口を開いた。

「ばか、か、あんたは……。早く、逃げろ。まだ、狙われて……」

「馬鹿はどっちよ！　絶対、死なせないんだから」

「なぜ、助けようとする。俺が死んでも、あんたには、関係ない、はずだ」

「人を助けるのに理由がいるの⁉」

その言葉にジークが僅かに頬を和《やわ》らげた。

「……お人好《ひとよ》し」

「好きに言ってなさい」

ふと、リリーの脳裏に大切な人に片方を渡してねと言っていた母の言葉が浮かんだ。

「これ持っていて」

「おい、これ、は」

右耳から外したアレキサンドライトのピアスをジークに握らせる。

彼は初めてリリーを認めてくれた、大切な人だ。ピアスを渡しても問題ないだろう。

「母の形見なの。失《な》くしちゃ嫌よ。あなたが助かった時に返してもらうから」

「お、れは……」

「――ひと――――ぞ‼」

二人の声が聞こえたのだろう。壁の向こうから騎士団長の慌てる声がした。

灼熱《しゃくねつ》が、すぐ傍《そば》まで迫っている。リリーは体中の水分という水分がじりじりと干上《ひあ》がっていくのを感じていた。焦りと絶望が、リリーの肌を焦がす。

ジークの剣を拝借したリリーは剣を構え、神経を研《と》ぎ澄《す》ませる。

不意に聞こえた足音に反射的に振り返ってしまったのは、集中が仇となった結果だ。

しまった、と思った時にはすでに目前にナイフが迫っていた。

「うぐっ」

間一髪《かんいっぱつ》のところで身を捻れば、額に激痛が走る。流れる血が目に入り、よく見えない。

「リ、リー」

それはリリーが剣を構え直した直後。違和感《いわかん》を覚え、下を見れば――

「――へ？」

――胸元《むなもと》から剣が生えていた。

それを目に入れた瞬間、突如リリーを襲う激痛が、血の塊を口から溢れ出させた。

剣が引き抜かれ、受け身も取れず地面に顔がぶつかる。

リリーから流れる血と交じる真っ赤な泥濘を辿れば、力なく脱力《だつりょく》したジークの手がすぐそこに見えた。

（あれ、ジーク？）

ジークを視線だけで見れば、光のないアイスブルーの瞳がリリーに訴えかける。

（私のせいでって言っているみたい。その通りだわ。別の場所で会っていたら、きっと、いい戦友になれていたかもしれないのに。この人を、私が巻き込んだ。私が、死なせた）

言うことを聞かない指をジークの手に絡める。やたらと重くなった瞼でゆっくりと瞬きをして、声を絞り出した。

「ジー……ごめ……」

「気づかな――生きら――残念で――リ――様」

月光を浴びたアレキサンドライトのピアスが輝き、リリーは二度目の死を迎《むか》えた。

第二章

眠《ねむ》りの底から無理やり釣《つ》り上げられる。ぱたぱたと走る足音に起こされたらしい。

（いまのは……？）

リリーはがばりと起き上がり、自身の胸を確認《かくにん》する。しかしどこにも傷は見当たらない。

まさかと思い左耳に触《ふ》れると、自己主張するかのようにピアスが揺《ゆ》れた。

「また付けてる……。これもピアスの力なの……？」

じくじくと頭の芯《しん》が痛む。大きな音を立てる心臓がぎゅっと摑《つか》まれたように痛い。まるで、どこかに大切なものを置き去りにしてしまったような喪失感《そうしつかん》が胸に渦巻《うずま》く。

何度も見る夢に、何の意味があるのだろうか。

喉《のど》がひりつき、水を飲んで落ち着こうと思い立つ。

リリーはサイドテーブル側に座り直し、グラスを持ち上げた。

水がなみなみに注がれたグラスに目を落とし——手からグラスが滑《すべ》り落ちる。

グラスが派手な音を立てて割れるが、床《ゆか》に広がる水に構う余裕《よゆう》はなかった。

「……え？」

素足《すあし》のままドレッサーに駆《か》け寄り、鏡を開く。

「──ない」

両耳で輝《かがや》いているはずのピアスが、左耳にしかない。

「どういうこと？　ピアスを外した覚えなんて……」

脳裏《のうり》をよぎったのは、夢での出来事だ。

（ジークに渡《わた》したわ。夢であれば、ジークは死んでなくて……）

リリーは自身に起きている現象を理解できなかった。

混乱する頭のまま振《ふ》り返ったリリーは、視界に入った光景に息を呑《の》んだ。

彼は腕利《うでき》きの技師が彫《ほ》ったような美と色気を醸《かも》し出しながら長い脚《あし》を組み、ソファーで本を読んでいた。カーテンが揺れると、同時に艶《つや》やかな黒髪《くろかみ》も風に弄《もてあそ》ばれる。

絵画のように美しい光景に、リリーは肌《はだ》を刺《さ》す風の冷たさも、息をするのも忘れ、見入ってしまう。視線に気がついたのか、アイスブルーの瞳《ひとみ》がリリーを捉《とら》えた。

「こっちに来ないのか？」

少し呆《あき》れたような、けれど、どこか優《やさ》しい声色《こわいろ》に、リリーは我に返る。

彼の元へ足を向け数歩進むが、旧知の仲であるかのような口調に違和感《いわかん》を覚えた。

しかしそれ以上に喜びと苦しみが混ざった気持ちで、彼に近づくことすらままならない。

（どうして、ジークがここにいるの）

向けられた瞳と重なるように、生気のない目を思い出してしまう。

「おい。大丈夫《だいじょうぶ》か？」

気遣《きづか》うような声と布擦《ず》れの音が聞こえた。

「ちょ、ちょっと、あなた、ここがどこか分かっていて……っ」

ずんずんと近づいてくる彼は、リリーの声など聞こえないと言わんばかりだ。

「分かっている。ここが公女《こうじょ》リリアンナの私室だということぐらい。だが」

わざとらしく言葉を区切ったジークが、リリーの前に跪《ひざまず》いた。

姫《ひめ》を護《まも》る騎士《きし》顔負けの優雅《ゆうが》さで一糸《いっし》の乱れも迷いもない。

彼の両手が、リリーの両手を包み込んだ。

「いてもたってもいられなかったんだ。心からの感謝を伝えたくて」

「……感謝？」

「リリーがやり直す機会をくれたから、今、俺はここにいる」

「や、やり直す、って」

頭を鈍器《どんき》で殴《なぐ》られたような衝撃《しょうげき》がリリーを襲《おそ》う。体が強《こわ》ばり、嫌《いや》な汗《あせ》が背中を伝った。

寒気が体を支配し、リリーの体が震《ふる》え出す。

そんなリリーを安心させるように、ジークが頬《ほお》を緩《ゆる》ませた。

「一度死んだ俺をリリーが救った。だから今度は俺にリリーを護らせてくれないか？」

「死、んだ……？」

紡《つむ》がれた言葉を上手《うま》く呑み込めない。後回しにしていた結論を突《つ》きつけられて、脳が理解を拒否《きょひ》している。

「俺は死んだだろう？　カジノで襲われて致命傷《ちめいしょう》を負った」

「そんな」

「リリーがくれたこのピアスのおかげで、こうしてここにいる」

ジークが横髪を掻《か》き上げれば、右耳でピアスが輝いていた。それは確かにリリーが渡したアレキサンドライトのピアスだ。母の形見を見間違《みまちが》えることはない。

（ピアスを渡したのは夢じゃ……？　夢じゃないなんてこと、あるはずない。だって、夢じゃなかったら、あれは、あの感覚は、本当の、死……？）

立っているはずがぐるぐると回っている感覚。呼吸が満足にできず喉から変な音がする。

「っ!?　リリー！」

あまりにも受け入れがたい話に、リリーは現実から逃《に》げるように意識を手放した。


再びリリーが目を覚ましたのは、扉《とびら》の開閉音がした後だった。

見慣れた天井《てんじょう》を眺《なが》めていれば、部屋に入ってきたアメリアに声をかけられる。

「お目覚めですか？　リリアンナ様」

起き上がったリリーはカーテンを開けるアメリアに目を向ける。

開いた窓から入る寒風が侍女《じじょ》服の裾《すそ》を掬《すく》い、赤色のスカートを揺らした。

リリーの背がざわりと粟立《あわだ》つ。

（あれは……⁉）

見覚えのある赤を凝視《ぎょうし》していれば、視線に気がついたアメリアが心得たと言わんばかりに水桶《みずおけ》を持ってきた。

「リリアンナ様。いつグラスを割られたのですか？」

「……え？」

アメリアの視線を追い目に付いたのは、床に散らばるガラス片《へん》と水浸《みずびた》しの床。それはピアスが片方しかないと気がついた時に落としてしまったものだ。

途端《とたん》、走馬灯のように蘇《よみがえ》る記憶《きおく》の数々に、リリーは頭を悩《なや》ませる。

（ジークの言うことが本当なら、私は二度死んだってこと？　その度に時間が巻き戻《もど》っていたの……？）

心臓の音がうるさい。冷や汗が止まらず、リリーは生唾《なまつば》を飲んだ。

（私が死ぬ定めなら、ジークはただ巻き込まれただけ……）

安直なリリーの行動のせいで、関係のないジークを巻き込んだことになる。

リリーが死ぬことは、予定調和というものだろう。どれだけ足掻《あが》いても覆《くつがえ》らない。

だからこそ、人はそれを運命と呼ぶ。

(っ、気持ち悪い)

みぞおちから何かが込み上がってくる。寸前のところで飲み込み、口を手で覆《おお》った。

アメリアがリリーの顔を覗《のぞ》き込み、気遣うように眉《まゆ》を下げる。

「あまり顔色がよくありませんね。……確か今日の執務《しつむ》は明日の分ばかりのはず。ですから今日は一日お休みになってください」

聞き覚えのある言葉は、同じ時を繰《く》り返していると意識するには十分だった。

リリーは乾《かわ》ききった喉から声を絞《しぼ》り出す。

「だ、大丈夫よ。問題ないわ」

「そうですか？　では本日は予定通りお過ごしください。スペンツァー様からは移動をする時は手早く。執務室から出ないようにと仰《おお》せつかっております」

「ええ。わかったわ。申し訳ないけど新しい飲み物を持ってきてちょうだい」

頭を下げ退室したアメリアを見て、リリーは肩《かた》の力を抜《ぬ》いた。

城の一番端《はし》に位置するリリーの部屋から厨房《ちゅうぼう》まではかなり距離《きょり》がある。どれだけ早くとも十分はかかるはずだ。

一人きりになったリリーは、自分を抱《だ》きしめて文字通り体を丸まらせる。落ち着かせようとしても、体の震えは治まってはくれない。

「本当に、時間が巻き戻っているとでも言うの？　だとしたら、誰《だれ》にも相談なんて……」

脳裏に浮《う》かんだ男を追い出すように、力なく首を振る。

「これ以上、ジークに何を求めるっていうのよ。また巻き込んでしまうわ」

「誰に何を求めるって？」

いきなり聞こえてきた声に、リリーはばっと顔を上げる。

声が聞こえた方向を向けば、気の抜けた笑《え》みを浮かべるジークが窓辺に立っていた。

「元気そうで安心した。いきなり倒《たお》れるなんて思ってもなかったからな。強情《ごうじょう》だが、案外繊細《せんさい》なんだな、リリーは」

「あなたね……。本当にここがどこだか分かっているの？　見つかれば即牢獄《そくろうごく》行きよ？」

リリーが怪訝《けげん》な顔でジークを見れば、試《ため》すような笑みを向けられた。

「知ってる。だから見つからないよう侍女が退室するまで待ってたんだろ」

「私には見つかってもいいの？」

「リリーは俺を突き出したりしないだろ？　それに忍《しの》び込みやすい場所だったしな」

暗に部屋の周りに警備がいないと指摘《してき》される。だがそれもリリーの部屋周りだけの話だ。

（厳重な警備を抜けてくるなんて……。それだけジークが手練《てだ》れということね）

力量差を正しく判断したリリーは寝台《しんだい》から彼の傍《そば》にあるソファーに移り、本題を振った。

「ピアスを返してくれたら、見逃《みのが》してあげるわ」

「なぜ？」

「なぜって、それはあなたの物じゃないでしょ」

リリーの言葉が意外だったのか、ジークは面白《おもしろ》そうに目を細めた。

同じソファーに座り、当たり前のように隣《となり》を陣取《じんど》った彼に文句すら出ない。

「いいや、違《ちが》うな。助かった時に返してと言っていたのはリリーのはずだが？」

「もう助かったでしょう？　だから返して」

「やだね」

楽しげに言われ、リリーはむっと眉を吊《つ》り上げる。

「私に関わらなければあなたは死ななかったのよ？」

「俺の目的は言ったはずだ。贋金《にせがね》の出所が分かるまで、俺は何度でもあの場に行く。焼死《しょうし》する可能性があるんだから、俺は助かっていないよな？」

「っ、ただの屁理屈《へりくつ》じゃない！」

「まぁな。だが手放すには惜《お》しい。なにせ、クロノスの加護が込められた物だ」

左耳のピアスを触《さわ》りながら答えるジークに、リリーは驚《おどろ》きを隠《かく》せない。

「クロノス様の加護……？　どうして分かったの？」

「ん？　あぁ。ピアスの奥で今も不自然に光っているだろう？　クロノスの紋様《もんよう》が」

ピアスを外したリリーがアレキサンドライトを覗けば、本来の輝きとは違う色でクロノス神を表す紋様が光っていた。

ふと初めて巻き戻った際、ピアスがいつもと違うと違和感を抱いていたことを思す。だがリリーは追求しようとしなかった。

「こういう類いの物には何か発動条件があるはずだ。心当たりはないか？」

「……そうね。このピアスを母から受け継《つ》いだ時に聞いたのだけれど……」

この現象が少しでも解明できればと、母から聞いた話をかいつまんで説明する。

語り終わると同時に、ジークはなるほどと頷《うなず》いた。

「発動条件はリリーの願いだろうな。おそらく紋様が浮かんでいる間は願いが果たされていないとみなされて、巻き戻るんじゃないか？」

「私の、願い……？」

「あぁ。リリーの願いは何だ？」

初めて体験した死を思い出し、リリーはぶるりと震える。

心の奥底を見透《みす》かすようなジークの瞳に、観念したリリーはあの時の願いを口にした。

「……私の手で幸せを掴んでやるって思ったわ」

「ふっ。リリーらしい願いだな。幸せにしてほしいんじゃなく、自らの手で幸せを掴むと。

リリーはやはり俺の予想を上回ってくる」

「な、なによ、褒《ほ》めているつもり？　おだててもピアスは返してもらうわよ」

　意味ありげな微笑《ほほえ》みを浮かべるジークに、リリーは呆れつつもピアスを付け直そうとする。だが、普段《ふだん》は侍女に任せきりのため上手く付けられない。

　不意にジークの手が伸《の》びてきて、ピアスを持つ手を掴まれた。

「貸せ。付けてやる。動くなよ」

「あっ」

　ジークの手が耳に触れ、気恥《きは》ずかしい。つい彼の指の体温を意識してしまう。

「なぁ。リリーを幸せにするまで俺は文字通り死んでも死にきれないわけだが」

「ピアスを返せばいいだけじゃない」

「なんで俺にピアスを渡したんだ？　渡さなければいけないと思ったんじゃないのか？」

「っ」

　即答《そくとう》できなかったのが答えのようなものだ。リリーの返事を待たず、ジークは続ける。

「リリーが俺を選んだ。それには意味があるはずだ。同じ時を過ごせる理由が」

「それは……」

　耳からジークの手が離《はな》れる。付いたぞと言う彼の声は真剣《しんけん》だ。

「今度こそ守ってみせる。二度と後《おく》れは取らない。だから俺の手を取れ」

差し出された手は、リリーの意思を問うものだろう。

(きっと、ジークの手を取れば、とっても頼《たの》もしいでしょうね。でも——)

リリーは差し出された手を叩《たた》き落とす。

「お断りよ」

叩かれるとは思ってもみなかったのかジークは少し口を開けて驚いていた。しかし、数秒もかからず我に返ったジークが肩を震わせ笑い始める。

初めて見るあどけない少年のような笑みに、リリーは顔が熱くなるのを感じた。

「くくっ。リリー、やっぱあんた最高だな」

「笑ってないで早くピアスを——」

リリーの声を遮《さえぎ》るように、久しく聞くことのなかったノック音が部屋に響《ひび》く。

思わず固まってしまったリリーの手をジークが取る。彼は流れるような仕草でリリーの手のひらへ口づけを落とし、自身の顔を擦《こす》り付けた。

「!!!?!?!?!?!」

されたことのないスキンシップにリリーの全身から沸騰《ふっとう》したかのように湯気が上がる。

ジークはいたずらが成功した子どものような顔でにやりと笑った。

「可愛《かわい》いけど、続きはもっと時間がある時に、な？　それじゃ、また来る」

そう言い残してジークは窓の外へと姿を消してしまう。

放心状態のリリーが我に返ったのは、痺《しび》れを切らしたアメリアが入室した後だった。

アメリアが持ってきた水で喉を潤《うるお》し、リリーは比較的《ひかくてき》軽装なドレスに着替《きが》えた。簡素な装飾《そうしょく》品だけを身に着け部屋を出る。

リリーが向かうのは、スペンツァーの執務室だ。

(巻き戻っているのが本当なら、殿下《でんか》は嘆願《たんがん》書をもらっているはずよ)

素早《すばや》く、だが音を立てず優雅に城内を歩いていれば、見回りの騎士が眉をひそめながら、ひそひそと言葉を交《か》わしていた。

「あれ、流石《さすが》にやばいよな」

「そうか？　一ヶ月前からあの調子だろ。問題ないと思うが……」

「どうしたの？」

「リリアンナ様！」

慌《あわ》てて敬礼をする騎士二人のうち、片方の騎士の腰《こし》で赤い飾《かざ》り房《ふさ》が揺れた。

体を硬《かた》くした騎士に、リリーは「楽にして」とからりと笑う。

窓の外へ目をやり彼らに問いかけた。

「……あの人達って誘拐《ゆうかい》事件の被害者《ひがい》家族達よね？　殿下に嘆願書を渡したって聞いたのだけれど、何か聞いていないかしら？」

「いえ。自分達は何も……」

「そう。ありがとう」

「いえ！　では私達は見回りに戻りますので、御前《ごぜん》を失礼させていただきます」

騎士二人が遠ざかる足音を聞きながら、リリーは改めて窓から城門を見下ろした。

集まった民衆の真ん中で、門番に詰《つ》め寄っているのは褐色《かっしょく》の男——レヴェリーだ。

必死に訴《うった》える姿と、カジノで見た陽気な姿はとても同一人物だとは思えない。

（ジークは贋金と誘拐事件は関連性があるって言っていたけれど、こういう形で調べているのね。嘆願書を出すことで、国家ぐるみかどうかを推《お》し量《はか》っているのかしら？）

リリーがレヴェリーから目を離そうとした、その時。レヴェリーの目がリリーを捉えた。

「今、目が……合った……？」

あまりにも一瞬《いっしゅん》の出来事で確信は得られない。城門から城まではかなりの距離があるため、常人ではリリーがいることも見えないだろう。

リリーは前回、城門前で一度見ているからレヴェリーだと確信しているにすぎない。そのため、たまたまだと結論づけて執務室へと足を進めた。

（というか、内政干渉《かんしょう》すれすれよ！　新皇帝《こうてい》は何考えているのかしら）

悶々《もんもん》と考えながら執務室へと続く廊下《ろうか》の真ん中で、身を寄せ合う男女が見えた。

げんなりとした心を隠し近づく。するとリリーに気がついた護衛が慌て始めた。

（護衛に責はないのだから、そんなに青ざめなくても）

スペンツァーが貴族のお忍びといった服装でミアの肩を抱いている。

有名な針子独特の刺繍《ししゅう》があしらわれた薄《うす》ピンクのドレスは、彼女のために作られた一点物だろう。首元を彩《いろど》るダイアモンドは寵愛《ちょうあい》の証《あかし》だ。

至近距離にいるリリーに気づかない彼らに声をかけた。

「殿下。ここがどこかお忘れですか？」

「な、リリアンナ⁉　なぜここに⁉」

肩を盛大《せいだい》に揺らして驚くスペンツァーに、リリーは頭を痛めた。

「殿下。私に隠していることがあるでしょう？」

「は、な、なんの話だ」

狼狽《ろうばい》するスペンツァーと呆れた目を向けるリリーの間にミアが割って入る。

少しぎこちない動きで淑女《しゅくじょ》の礼をして、彼女は口を開いた。

「初めまして。リリアンナ様。ミア・フォン・ラングレーと申します」

爵位《しゃくい》が上の者から話しかけるまで下の者は話しかけてはならない。それが貴族間の暗《あん》黙《もく》の了解《りょうかい》だ。しかしミアはリリーに話しかけた。まるで、自分が上だと主張するように。

リリーが眉間《みけん》に皺《しわ》を寄せていると気がつかず、ミアは話を続ける。

「リリー様はスペン様を信じていないんですか!?　スペン様が可哀想《かわいそう》です！」

「ミア……！」

スペンツァーが感動したように呟《つぶや》き、ミアが照れたように頰を染める。

「あなたに愛称《あいしょう》を許した覚えはないわ。それに、私は公女よ。気安く話しかけないで」

リリーは厳しい目をミアに向けた。それだけで肩を震わせる彼女は、庇護《ひご》欲のそそられる女性なのだろう。

(ほんっと、私とは正反対な方ね)

リリーはため息をついて、スペンツァーへと向き直る。

「殿下。誘拐事件の被害者家族から嘆願書が届いていると聞きました」

「僕はなにも隠し事なんて……。は？」

「ですから、嘆願書です」

「……な、なんだ、そのことか」

ほっとした様子に、リリーは嘆願書以外にも隠していることがあると悟《さと》った。

「どこにあるのですか？　私が処理します」

「……いいだろう。僕の執務室だ」

「ありがとうございます。あともう一つ。その方を側妃《そくひ》に召《め》し上げるおつもりですか？」

　リリーの直球な言葉にスペンツァーはみるみる顔を真っ赤に染め、怒《いか》りを露《あら》わにさせる。震える拳《こぶし》は抑《おさ》えきれない怒りからくるものだろう。

「ミアが側妃だと……！　お前が正妃《せいひ》などと、僕は認めない！」

「私が正妃になるのはすでに決まっていることです。いまさら覆《くつがえ》すことはできません」

　返す言葉もなかったのだろう。スペンツァーは白色の瞳を吊り上げ怒鳴《どな》り始める。まるで幼子が駄々《だだ》をこねるように地団駄《じだんだ》を踏《ふ》みながら。

「お前のそういうところが嫌《きら》いなのだ‼　かわいげのない！　血に染まる目も！　老婆《ろうば》のようなその髪も！　見たくないわ！　早く執務でもすればいいだろう‼」

　生まれ持った容姿に文句を言われたところで変えようもない。

　リリーが呆れていると、スペンツァーがミアの手を摑んだ。

「行くぞ、ミア。予約時間に遅れてしまう」

　ミアの手を引いたスペンツァーはリリーの横を通り過ぎていく。

　リリーは二人の背中を見ながら、先ほどのスペンツァーの態度に疑問を抱いた。

（逆ギレするのはいつものことだけれど、口を滑らせることもなかったわね）

　疑問が膨《ふく》らむばかりで、頭が破裂《はれつ》しそうだ。

（もしかしてまだ私を殺すことは決まっていない？　それとも私を殺そうとしているのは、殿下ではないの……？　私が死んで得をするのは殿下とラングレー令嬢《れいじょう》ぐらいだわ。もし二人でないとしたら、いったい誰が……？）

誰もいなくなった廊下で、リリーは何とも言えない恐怖《きょうふ》が自身を隙間《すきま》なく取り囲んでいるような気さえしていた。

スペンツァーの執務室に足を踏み入れたリリーは、あまりの汚《きたな》さにたじろいだ。

足の踏み場がなく、廊下から続いているはずの大理石の床は見えない。

書類や書物は床に散乱し、本棚《ほんだな》には埃《ほこり》が積もっている。

元は来客用にと用意されたであろうローテーブルやソファーもすでに物置と化していた。

ローテーブルにはやりかけのチェスやトランプ。何年も前の決議書が放置されている。

ソファーも同様で、脱《ぬ》ぎっぱなしの服や、何に使ったのか分からないような黄ばんだタオルなどが放置されていた。恐《おそ》る恐る執務机まで足を進める。

開いた窓から陽光に照らされた重厚《じゅうこう》な執務机はもはや仕事ができる状態ではなかった。

書類や書物が雑に積まれ、机に置くことが御法度《ごはっと》な燭台《しょくだい》も置かれている。

スペンツァーが執務を行っていないのは明白だ。しかし三叉《さんさ》の燭台には最近使用された形跡《けいせき》があり、リリーはいぶかしげにそれを見た。

「まったく。こんな所で蝋燭《ろうそく》を使うなんて危ないじゃない」

呆れながら机の上に目をやり、リリーは絶句した。

「嘘《うそ》。まさか、まだ……？」

机の上には幼児向けの玩具《がんぐ》が鎮座《ちんざ》していた。記憶に残っていた物と全く同じそれに、リリーはぞっとしてしまう。

「十八にもなってまだ一人遊びを……？　国王陛下が崩御《ほうぎょ》されたらこの国は……」

もしリリーが王妃《おうひ》となったとしても、リリーだけではスペンツァーを庇《かば》いきれない。むしろ、スペンツァーがリリーの言うことを聞かずに好き勝手する可能性が高い。

その時諫《いさ》めてくれる従者でもいればいいが、今もスペンツァーが思うままに動いているということは従者にも期待できないだろう。

「これが俗《ぞく》に言う泥船《どろぶね》ってやつかしら。……この中から嘆願書を探し出すのは至難の業《わざ》ね。はあ。仕方ない手当たり次第《しだい》探すしかないわ」

不敬罪にもなりかねない言葉を零《こぼ》しながら、リリーは途方《とほう》もない量にげんなりしつつ、執務机の上にある書類一枚一枚に目を通していく。

半分ほど目を通した頃《ころ》ピタリと手を止めた。

「ラングレー領付近の街道《かいどう》整備案にラングレー川の防波堤《ぼうはてい》改修工事案、ねぇ」

次々と出てきたのはラングレー領に関する草案《そうあん》だ。草案が一案だけであれば何も不審《ふしん》に思わなかった。しかし、ラングレー領はミアの生家が統治している。疑うのは当然だろう。冬になると人の高さまで雪が降り積もるラングレー領は決して豊かな土地ではない。作物が育たぬ土地ゆえに、家の中でできる仕事が主で金属の加工や装飾品の加工、刺繍などが税収を支えている。だが訪《おとず》れる人も少なく、年々住む人々も減り続けている土地に街道整備は不要だ。

「まったく……」

さっと目を通した可決済みの書類に思わず笑ってしまう。

王都への通行税および王都通行時の検問免除《めんじょ》。金銀銅などの採掘許可《さいくつ》。酒類の税免除。

一見ラングレー領に関係のあるものばかりだが、リリーは違和感を覚えた。

「採掘は問題ないとして、色々免除されているのはどういうことかしら？　免除しなければならないほど困窮《こんきゅう》しているようには見えなかったけれど」

先刻会ったミアは困窮している人間の顔ではなかった。

艶《つや》のある髪や肌、あかぎれのない指先はむしろ恵《めぐ》まれている証拠《しょうこ》だ。

有名な針子のドレスにいたっては、オーダーで作るとなると金貨百枚はくだらない。

「申請《しんせい》が通るほどに困窮しているなら、ドレスも装飾品も真っ先に売るでしょう」

机の上を確認し終わり、リリーは引き出しに手を伸ばす。

一つ一つ開けていくが、引き出しの中には何一つ書類が入っていなかった。

散らかりきった部屋と空っぽの引き出しのアンバランスさに、リリーは首を傾《かし》げる。

「……こういう物には大抵《たいてい》仕掛《しか》けが……っと」

開けた引き出しの底を一つずつ叩けば、一番下の引き出しの音が明らかに違った。底の端を押せば、簡単に底が開く。

隠された底には、丁寧《ていねい》に整えられた書類の山と、紐《ひも》で括《くく》られた手紙の束が鎮座していた。

「不用心ねぇ。二重底に隠すって悪知恵《わるぢえ》は働くのに、バレないようにカムフラージュすることは思いつかないなんて。バカなのか、用心深いのか……。ん？」

呆れながらも、リリーは引き出しから書類と手紙を全て取り出す。

その際に指先に硬い物が当たった気がしたリリーは、それを拾い上げた。

「なぜ旧モント硬貨《こうか》がここに……？」

手に取ったそれは、鷹《たか》紋様のモント金貨だ。

「旧硬貨は全部回収したってジークが言っていたのに……。まさか……!?」

嫌な予感に息を凝《こ》らすように見つめた後、金貨を窓の外にかざす。

「――っ!?」

開けっ放しの窓からナイフを振り上げた赤い侍女服のアメリアが迫《せま》る。

見覚えのあるナイフを持つ彼女に、リリーは一瞬反応が遅れた。

間一髪《かんいっぱつ》のところで避《さ》けたリリーだったが、体勢を崩《くず》して床に転がってしまう。あっと思った時には遅《おそ》く、旧モント金貨が手から滑り落ち、どこかに転がってしまった。

(焼け落ちるカジノで私達を襲ったのは……)

リリーの視界で真っ赤なスカートが揺れる。それは掠《かす》れた視界で見たものと同じだった。

積み上げられた書物をなぎ倒してしまい、頭を庇った腕《うで》や背中が痛む。しかし、泣き言を言っている場合ではない。

今、この時、一秒の隙《すき》も許されないとリリーは立ち上がった。

「駄目《だめ》じゃない。殿下の執務室で刃物《はもの》を振り回しちゃ」

鞭打《むちう》った体から悲鳴が聞こえる。だが、悟られないように普段通りの声色で話しかけた。

感情の読めない灰色の瞳がリリーを見つめる。

「ここが帯刀《たいとう》禁止区域なのは知っているでしょう？　処罰《しょばつ》が望みなら別だけれど？」

「……関係ありません。私が欲《ほ》しいのは、リリアンナ様のお命ですから。お覚悟《かくご》を」

「今まで襲ってこなかったのにどうして今なの？　……なんて聞く気はないわ。当ててあげましょうか？　二重底に気がついたから、でしょう？」

リリーの言葉を合図に、アメリアが飛びかかってくる。

ただ闇雲《やみくも》に突っ込んでくるだけ。ずいぶんとリリーは舐《な》められているようだ。

「あらあら。図星かしら？　それと、あまり見くびらないでほしいわね！」

刀身の短いナイフは小回りが利《き》くだけでリーチはない。それを逆手に取り、迫ってきたナイフを蹴《け》り上げた。痛みに怯《ひる》んだ彼女の横をすり抜け、距離を取る。

（ナイフを落とさないどころか表情すら変わらないなんて、流石は暗殺者ね）

アメリアは眉一つ動かさず、侍女服の中から新しい剣《けん》を取り出した。

その際にどこかへ忍ばせたのだろう。彼女の手にはすでにナイフは握《にぎ》られていない。

アメリアが一振りすれば長剣《ちょうけん》に早変わりした。

（小回りの利くナイフを捨ててリーチのある長剣に変えた。絶対に逃がさないつもりね）

ナイフであれば余裕のあった間合いが覆された。数歩詰めれば間合いに入ってしまう。

リリーはさらに距離を取るため後退《あとずさ》る。だが、すぐに執務机に踵《かかと》が当たった。

「っ！」

足下《あしもと》に気を取られた一瞬で距離を詰められ、長剣が眼前に迫る。

咄嗟《とっさ》に手近な物を掴み、自身と長剣の間にそれを滑り込ませれば、ガキンッと金属同士がぶつかる音が部屋に響いた。

「なっ⁉」

「私に防がれたのがそんなに意外？」

斬撃《ざんげき》を受け止めたのは三叉の燭台だ。

勝ち誇《ほこ》った顔をするリリーに苛立《いらだ》ちを隠せないのか、アメリアが吐《は》き捨てる。

「小賢《こざか》しい真似《まね》をっ！」

「闇討《やみう》ちが本分の暗殺者《あなた》には言われたくないわ」

鍔迫《つばぜ》り合いになる前に距離を取ろうとしたリリーだが、アメリアに気取《けど》られてしまった。力をかけられ、燭台がみしっと嫌な音を立てる。蝋燭が刺さったままの燭台は武器にするには心許《こころもと》ない。力をかけ続けられると簡単に折れてしまう。

重心をずらし、アメリアの体勢が僅《わず》かに傾《かたむ》いた瞬間《しゅんかん》、彼女の横を抜ける。

横薙《な》ぎがリリーを追ったが、それは拳一つ分届かない。しかし、素早い動きについて来られなかった蝋燭が一本床に転がった。蝋燭を固定するための細長い金属が姿を現す。

「私を殺せって命令したのは殿下かしら？」

「知ったところで、ここで死ぬのですから意味がありませんよ」

「そうとも限らないわよ？」

強気に笑ったリリーは、一度離れた間合いを一足飛びに詰める。勢いをそのままに突きを繰り出すが、簡単に避けられてしまう。

トリッキーなリリーの太刀筋《たちすじ》は、アメリアを翻弄《ほんろう》するには十分だった。だが二人の得物が衝突《しょうとつ》を繰り返し、ついにごとりと二本目の蝋燭が落ちた。

（もう少しで武器が使えなくなると思ってから、太刀筋が単調になってきたわね。そうよ、もっと焦《あせ》りなさい。早く決めようと焦るほど剣筋が単純で分かりやすくなるわ）

時間がかかればかかるほどリリーにとって都合がいい。

数度刃《やいば》を交え、最後の蝋燭が折れた。

好機とばかりに足下から長剣が迫る。リリーはすんでのところでのけぞって避けるが、ミルキーホワイトの髪がはらりと散った。気にもとめず、そのままバク宙で距離を取る。

「もうおしまい？」

余裕の表情を作り、リリーは笑う。ハッタリも、威勢《いせい》も、どれだけでも張ってみせる。戦闘《せんとう》において駆け引きは一つの戦略でしかない。

「ちょこまかとっ……!!　逃げ回っているだけのくせに」

「敬語が外れているわよ。気をつけなさい」

わざとアメリアを煽《あお》るような言葉を選べば、彼女は愚直《ぐちょく》に飛びかかってきた。

長剣を受け止めたリリーは初めて鍔迫り合いに応じた。力加減を調整し均衡《きんこう》を保つ。

素早く足下を確認し、均衡を崩すようにリリーは渾身《こんしん》の力を込めて押し返した。

一度も押し返されなかったアメリアは油断していたのかほんの少しだけよろめく。

（今!!）

燭台に刃を滑らせ、鍔迫り合いから抜け出した。長剣が顔の横を掠める。

目を見開いたアメリアに、リリーは燭台を突き出した。

アメリアに触れる寸前。長剣の平部分《フラー》で防がれてしまう。

勝ち誇った顔で笑ったアメリアが一歩踏み出す。

「残念でし――っ⁉」

転がる蝋燭に足を取られたアメリアはバランスを崩し、目に見えた隙を晒《さら》した。

長剣を弾《はじ》き飛ばし、彼女の首元に切っ先を突きつければ、睨《ね》め付ける灰色と目が合う。

「観念なさい」

「っ、誰が！」

アメリアは最後の抵抗《ていこう》と言わんばかりに袖口《そでぐち》からナイフを取り出した。

脊髄《せきずい》反射の如《ごと》く彼女の手を踏みつけ、無力化する。

（私を二度も死に追いやったのは、あなただったのね。アメリア）

王国に来た時から、ずっと一緒《いっしょ》だった。雷《かみなり》の日は一緒に寝食《しんしょく》を共にしたこともある。

気の置けない仲だとリリーは勝手に思っていた。スペンツァーが見つけてきた侍女だと知ってもその気持ちは変わらなかった。行動がスペンツァーに筒抜《つつぬ》けだったとしても、当然だと受け入れ、大きく感情が揺さぶられることはなかった。

（なのに今、私はとっても怒《おこ》っているわ）

己《おのれ》の心に渦巻く激情に、リリーは驚いていた。ふつふつと湧《わ》き上がってきた胸の苦痛をそのままアメリアにぶつけられたら、どれだけよかっただろう。

しかしリリーが長年受けてきた淑女としての教育が直情的な行動を止めていた。

（私を裏切ったことは、この際どうでもいいわ。だけど無関係のジークを巻き込んで、あ

まつさえ殺したこと、到底《とうてい》許せるはずがないわ）

抵抗のないアメリアへと視線を落とせば、彼女はじっとリリーを見つめていた。

出会った頃から何一つ変わらない彼女の表情に、逆立っていた感情が少し落ち着く。

（アメリアは、まだ私もジークも殺していない。私の怒りを今のアメリアに向けるのは、違う気がするわ。そうよ。今のアメリアの罪は私を襲おうとしたことだけ）

小さく息を吐けば、ぐちゃぐちゃにかき乱された心に静寂《せいじゃく》が戻ってくる。凪《な》いだ心で考えれば、すぐに結論が出た。

「あなたには二つの選択肢《せんたくし》があるわ。一つは牢獄《ろうごく》で処刑《しょけい》に怯《おび》えながら暮らすこと。もう一つは、今この場で私に忠誠を誓《ちか》うこと」

「……は？　正気ですか？　わたしはリリアンナ様を殺そうとしたんですよ？」

「私が黙《だま》っていれば誰にも知られないわ。それにあなたの力を失うのは惜しいもの」

アメリアの瞳が困惑《こんわく》に染まる。

「どうしてそこまで……」

「……きっと姉妹《しまい》のように育ってきた侍女に、情でも湧《わ》いたんだわ」

「お人好《ひとよ》し」

「さっきも言われたわ」

目を泳がせるアメリアに、とっておきの言葉をかける。

「お給金は今の倍出すわよ。決して悪い条件ではないと思うのだけれど？」

「！　分かりました。スペンツァー殿下のことは忘れ、リリアンナ様に忠誠を誓います」

食い気味に頷いたアメリアに、リリーは苦笑《くしょう》を零す。

「決まりね」

アメリアに突きつけていた燭台を下ろす。念のため弾き飛ばした長剣を拾い、見よう見まねで畳《たた》んだ。小さくなった長剣をドレスの中へと隠す。

立ち上がったアメリアに、もう一押《ひとお》ししておこうと声をかける。

「前金としてこのネックレスと指輪を渡すわ」

身に着けていた装飾品を外してアメリアに渡せば、彼女はにんまりと笑った。

「これほどの品ならディア金貨五百枚はくだらないですね。約束通り、リリアンナ様に誠心誠意尽《つ》くさせていただきます。お金は裏切らないですから」

「今後のお給金についてはまた話しましょう。いいかしら？」

「もちろんです」

リリーが部屋へ視線を戻せば、二人が暴れた影響《えいきょう》で足の踏み場もなくなっていた。

「私はもう少し探し物をするから、この部屋を元の状態に戻してちょうだい。あと誘拐事件被害者の会からの嘆願書があれば私に持ってきて」

「御意《ぎょい》」

慎重《しんちょう》に執務机に戻ったリリーは、奇跡《きせき》的に無事だった机上《きじょう》の書類に目を通す。

二重底から取り出した書類は全てラングレー領に関する物だ。それだけでスペンツァーの執着《しゅうちゃく》が見て取れる。ただならぬ執心《しゅうしん》にリリーはすでに背筋が凍《こお》りそうだ。

(ってことはこの手紙の山は、やっぱりラングレー令嬢との恋文《こいぶみ》よね……)

手紙の山に手を伸ばし、束ねている紐を解く。

(あらあら？　この封筒《ふうとう》は私が使っている物と同じものじゃない。それに家紋《かもん》なし？)

本来であれば手紙の封蝋《ふうろう》には家紋の印璽《いんじ》を押す。

(差出人は……。やっぱり無記名だわ。中を確認したいところだけれど、他人の手紙を盗《ぬす》み見る趣味《しゅみ》はないし……。でも私が使っている封筒ってところが気になるのよね)

手紙を見つめ、どうすべきかと頭を悩ませる。

リリーの愛用するレターセットは公国でのみ販売《はんばい》しているものだ。リリーは取り寄せているが、王国内から入手するのは困難だろう。

(わざわざ取り寄せてまで同じ物を使うなんて……やましいことがありそうじゃない？)

封筒はすでに開けられているため、リリーが中身を見たとバレないだろう。

唾《つば》を飲み込み、覚悟を決める。

便箋《びんせん》を取り出せば、バラの香りが広がる。便箋に香水《こうすい》をかけているのだろう。

たったそれだけで、リリーは差出人が誰なのか理解した。

「……ソフィアお姉様」

公国の第一公女であり、リリーの姉であるソフィアが愛用している香水の匂《にお》いだ。

この香水は、母の名を冠《かん》したバラを使った唯一無二《ゆいいつむに》の物だ。

（特注品で使用者はソフィアお姉様だけだと自慢《じまん》していたわね）

ソフィアとは母が没《ぼっ》した時から夜会以外で顔を合わせることはなかった。

姉妹仲は良くないだろう。しかし、たった一度だけソフィアから手紙をもらったことがある。それはソフィアが王国に近い辺境の領主になったという内容だった。返事をしたが、文通が続くことはなかった。最初で最後の姉妹の手紙をリリーは今でも大切にとってある。

（どうしてソフィアお姉様と殿下が手紙のやり取りを？　ラングレー令嬢ではなく？）

二つ折りに畳まれた便箋を広げる。

二枚にわたって綴《つづ》られていたのは、身を焦《こ》がすほどの恋慕《れんぼ》だ。

言の葉に乗せた愛が溢《あふ》れ出んばかりの詩《ポエム》に、リリーの頰が引き攣《つ》った。

一文字の間隔《かんかく》が開いているが、見た人間が恥《は》ずかしくなるような文面を考えながら書いているとしたら納得《なっとく》だ。

（まさかソフィアお姉様の恋文だったなんて。もしこの手紙が見つかっても、無記名なら私が出した物だと思うでしょうし……）

リリーの眉間に皺が寄る。

自身の愛用するレターセットが姉の恋心《こいごころ》の隠れ蓑《みの》として利用されるとは想定外だった。

(用意周到《しゅうとう》だわ。そんなに殿下を想《おも》っているの？　妹の婚約者《こんやく》よ？　嘘でしょ？)

リリーにはスペンツァーの魅力《みりょく》が分からなかった。しかし、ミアに続きソフィアまでもが心酔《しんすい》している。これほど間違《まちが》いであってほしいと思ったことはない。

「リリアンナ様」

「きゃあ⁉」

真横で聞こえた声に、リリーの肩が大きく跳《は》ねる。ソフィアの横恋慕《よこれんぼ》に戸惑《とまど》うリリーは、声をかけられるまでアメリアの接近に気がつかなかった。

声がした方を向けば、呆れた顔のアメリアが手に書類を持って佇《たたず》んでいた。

彼女の言いたいことは分かる。先ほどまで命のやり取りをしていたのだ。警戒《けいかい》しなくてもいいのかと灰色の瞳が言っている。

もちろんリリーは手紙を読む前までは警戒をしていた。しかし、ソフィアの手紙は警戒を忘れるほどの衝撃だった。

「こちらを」

「これは……嘆願書‼　お手柄《てがら》よ、アメリア」

差し出された書類を受け取るため、そっと手紙を元に戻す。リリーは実姉《じっし》の恋愛《れんあい》事情を知りたかったわけでも、ましてや秘めた想いを暴きたかったわけでもない。

（執務室《こ》に来た目的は嘆願書だもの。これ以上この手紙を読む必要はないわ）

探していた嘆願書を受け取れば、その他の書類も重なっていた。

書類をめくり、目を通したリリーは言葉を失った。

有名な針子からの購入《こうにゅう》証明書だ。請求《せいきゅう》先はスペンツァー。届け先はミアとなっている。

脳裏に浮かぶのは、純白のドレスを着たミアだ。

（羨《うらや》ましいとは思わないけれど……）

アメリアが心底嫌そうな顔で大きなため息をついた。

「こんなにお金があるならもう少しお給金を上げてくれてもいいのに」

彼女らしい物言いに、リリーは思わず口元が緩む。

「そうね、たった一人にこんな大金を使うよりも……」

書面に書かれた金額を改めて確認し、目を剝《む》いた。

「ちょっと待って。こんな金額、殿下の私財でも賄《まかな》いきれないわよ。殿下の予算だって使い切る悪いクセのせいで少ないし……。絶対足りないわ！」

幼い頃から計画性のないスペンツァーに与《あた》えられる予算は年々少なくなっていた。

直接スペンツァーに渡される予算は侍従《じじゅう》達が必要な予算を引いた残りだ。

「いったいどこから、こんな大金が……？」

小国であれば財政が傾いてしまうほどの金額を、スペンツァーはミアに注《つ》ぎ込んでいる。

世が世なら彼女は傾国《けいこく》の乙女《おとめ》と呼ばれたことだろう。

「あ、こちらも落ちていましたよ」

手渡されたのは一枚の旧モント金貨だ。リリーが金貨を受け取ると、アメリアはまた作業に戻っていく。

その様子を横目で見ながら、襲撃《しゅうげき》により確認しそびれた紋様を改めて確認した。

足下から上ってくる寒気が背筋に張り付く。

そんなまさか、という感情と、納得する感情が交じり合い、胸中を渦巻いた。

(私財では賄えないドレスの金額に、贋金。それにジークのあの言葉……)

『旧モント硬貨は全て回収済みでな。国際社会では使えない。だというのに、まだ手元にある旧モント硬貨で取引したいと言っている国が一つあった』

ジークを疑っていたわけではないが、このような形で彼が正しいと理解することになるとは、リリーは想像もしていなかった。

(もし殿下が主犯なら全て説明がつく。あら？　贋金を使っているのはカジノも……)

靄《もや》がかかっていた思考が晴れるような、辻褄《つじつま》がようやく合ったような感覚だ。

思考が口から零れ落ちる。

「帝国《ていこく》に勘付《かんづ》かれたから燃やした……？　私に全部擦り付けるために……？」

一度目の生で告げられた罪は、全てをリリーに押しつけるためだったのかもしれない。

嫌われている自覚はあったが、まさか自らの罪を擦り付けるほどだったとは。

「そう。私ってそんなに都合のいい女だったたってわけ。冗談《じょうだん》じゃないわ」

怒りにも似た気持ちが心の一角に燃え上がる。

リリーは紅玉《こうぎょく》のような瞳を強気に光らせて、不敵に笑った。

「上等じゃない。絶対に思い通りになんてさせないんだから！」


片付けをアメリアに任せ、執務室を飛び出したリリーは城下町へと来ていた。

（まずは火事が本当に起こるのか確かめないと）

記憶を頼《たよ》りに路地裏を進めば、うっすらと月の昇《のぼ》った空に上がる黒煙《こくえん》が見えた。目にしみる煙《けむり》と焦げ付いた臭《にお》いが路地を縫《ぬ》うように流れる。

可能な限りカジノへ近づこうとするも、騎士団員が道を塞《ふさ》いでいてままならない。

（あぁもう！　ちっとも近づけない！　あら？　あれはなに……？）

塞がれていない道からカジノの裏へ回り込めば、視界の端できらりと何かが光った。

目を向けると、壺《つぼ》を持った甲冑《かっちゅう》男と金髪《きんぱつ》のディーラーがなにやら話し込んでいた。

（あの甲冑は誘拐犯じゃない!!　高級時計のディーラーと繋《つな》がっているだなんて、やっぱ

りカジノと誘拐事件は繋がっている可能性が高いわ）

リリーは息を潜《ひそ》め、気がつかれないよう気配を絶つ。

「こっちは巻き終わったけれど、そちらは？」

二人の動向に注視していれば、灰色の髪を一つに束ねた中性的な人物が壺を持って合流した。特徴《とくちょう》的な顎《あご》のほくろと赤い目を持つカジノのディーラーだ。

「あぁ。こっちも終わったところだ」

「これだけ油を撒《ま》けば全部燃えてなくなるだろ」

（油？　じゃあやっぱり火事は故意に引き起こされたものだったのね）

ようやく摑んだ手がかりだが、証拠はすでに火の中だろう。

赤目ディーラーと甲冑男の会話を横目に金髪ディーラーが心底残念そうに呟く。

「あーぁ、もったいねぇの」

「仕方ないでしょう。皇帝に勘付かれてしまったのですから」

（中性的な男性だとは思っていたけれど、喋《しゃべ》り方はまるで女性ね）

赤目ディーラーの口調に違和感を覚えたが、金髪ディーラーの言葉に息を吞んだ。

「皇帝も怖《こえ》ぇけどよ、あんたのご主人もおっかねぇよな。自害用の毒を渡すなんてさぁ」

「別に持ち歩けと言われているわけじゃないでしょう。私はずっと部屋に置いている」

これ以上話すことはないと言わんばかりに赤目ディーラーはそっぽを向いた。

（自害用の毒ってどういうこと……？　雇《やと》い主はきっと殿下よね。私は見覚えがないけれど、甲冑男は元々殿下の手駒《てごま》で、雇ったディーラー二人には毒を……？）

金髪ディーラーが「おっ」と声を上げる。

「騎士団長様のお出ましだ。解散だな。ヘマすんなよ。殿下にどやされる」

「あなたこそ、お嬢様《じょうさま》の足を引っ張らないでくださいね！」

慌ただしく消火活動に来た騎士団長達と入れ替わるように、彼らは散開して逃げていく。

（ちょっと待って。今お嬢様って……！）

赤目ディーラーを追いかけようとしたリリーだったが、騎士団員がひしめく路地を抜けなければならず、躊躇《ちゅうちょ》してしまう。

「各自消火にあたってください！　これ以上怪我人《けがにん》を出さないようにお願いします！」

的確な指示を出す眼鏡の騎士団長——ハイド・クローチェの声に、リリーは諦《あきら》めた。

（彼に見つかったら問答無用で連れ戻されてしまうわ！　融通《ゆうずう》が利かないと有名だもの）

ハイドは二十歳《はたち》という若さで騎士団長に任命された優秀《ゆうしゅう》な男だ。

彼は刈《か》り上げた灰色の髪に、責任感の強さを感じさせる灰色の瞳を眼鏡で隠している。

悩ましい顔をしたリリーは、勢いよく燃え盛《さか》るカジノを見上げた。

（かといって、カジノを諦めるわけには……そういえば、ジークは!?）

火の勢いは増すばかりで弱まる兆《きざ》しはない。恵みの雨もなく、どんよりとした重い雲が空を覆い隠すだけだ。

(贋金の手がかりを探《さぐ》りに行ったとしたら……まさかまたカジノに取り残されて……⁉)

取り残されているのであれば、早急《さっきゅう》に助けなければならない。

じっとりとした嫌な汗が頬を伝う。

(私が出て行けば騎士団に混乱を招いてしまう。……いいえ。今はそんなこと言っている場合ではないわ。人命がかかっているのよ！)

リリーがカジノの周りを囲む騎士達へと走り出そうとした瞬間。

「そんなに慌ててどうした？」

今、まさに救おうとしていた男の声が聞こえ、リリーの肩が跳ねた。

路地の壁《かべ》に背を預けたジークが不思議そうな顔をしてリリーを見ている。

「リリー？」

アイスブルーの瞳が気遣うような色を宿す。

「あ、あなた、カジノに行くって……」

「ん？　あぁ。もちろん行ったさ。色々と物色していたんだが、いかんせん薬の回った女達が寄ってきてな。面倒《めんどう》だから火が回る前に退散した」

「……はぁ。心配して損したわ」

「へぇ？　俺の心配してくれたんだ？」

ジークがにやにやと意地悪く笑う。

「べ、べつに！　ただ……いえ、なんでもないわ。それじゃあ私はこれで」

歩き出そうとするリリーの横に彼の手が伸びる。壁に手をつかれてしまえば、狭《せま》い路地から抜け出すことはできない。

リリーが抗議《こうぎ》の視線を送れば、意地の悪い顔で笑われてしまった。

艶やかな黒髪がさらりと流れ、色香が漂《ただよ》う。

「せっかく会えたのに、つれないな」

胸《むね》の奥をくすぐられるような眼差《まなざ》し。生気に満ちた瞳はとても甘い。

しかしリリーの脳裏には、事切れたジークの「お前のせいで」と訴えかける空虚《くうきょ》な目が、今も離れずこびりついていた。

「私、あなたのことが分からないわ」

「それは遠回しに俺のことをもっと知りたいと言っているのか？」

「微塵《みじん》も思ってないから安心してちょうだい」

リリーは咎《とが》めるように睨《にら》んだが、なぜか右手をジークに取られる。

恋人《こいびと》のように絡《から》まれた手に意識が向けば、猛禽《もうきん》類のような瞳と視線が絡んだ。

「残念。そうつれない反応をされると、もっと追い込んでやりたくなる」

「どういう……？」

意図の読めない言動にリリーが固まっていれば、手の甲《こう》にキスを落とされた。
肌に伝わる柔《やわ》らかな感触《かんしょく》に悲鳴を上げそうになったが、すんでのところで呑み込んだ。
背中を壁に押しつけられ、逃げ場をなくされたリリーは、ただジークを見上げる。
予想以上にジークの顔が近く、リリーの頭は一瞬で沸騰してしまった。密着した体から
ぬくもりが伝わるのも心臓に悪い。
本能的に逃げようと藻掻《もが》くも、左手も壁に押しつけられてしまう。ついでのように彼の
長い脚がリリーの脚の間に差し込まれる。
首筋に顔を埋《う》められ、絹のような黒髪がリリーの肌をくすぐった。
「なぁ。俺はいらない？」
掠れた甘い声に、ぞくぞくと背中が痺れる。
繋がれた手を指で撫《な》でられてしまえば、目の前の男しか見えなくなった。
「俺をこんなにしたのはリリーなのに？」
「ご、誤解を招くような言い方は……」
リリーと顔を合わせたジークは、とても悲しそうに眉を下げていた。
寂《さび》しげで、傷ついたような、悲しみを我慢《がまん》したような――
（なんて顔をしているのよ）
憐《あわ》れみを乞《こ》うようなジークの顔にリリーは黙り込む。適切な言葉が浮かばず、時間だけ

が過ぎていく。

「なぁ、俺にリリーを守る名誉《めいよ》をくれないか？」

「そんなの、名誉でもなんでもないわ」

リリーと一緒に行動すれば死んでしまう可能性が高い。自ら渦中《かちゅう》に飛び込むのは自殺行為《こうい》だ。事実、リリーと共に行動したジークは一度命を落としている。

（二度と死なせたくないのに、どうして踏み込んでくるのよ）

心を見透かしたように、ジークは頬をほころばせた。

「自分の価値を理解していないんだな。誉《ほま》れだよ」

リリーは反論しようと口を開く。しかしジークに指先へ口づけをされ、ひゅっと空気だけが口から漏《も》れた。

「あの時は後れを取ったが、俺は強いぞ？」

「それは分かるけれど、あなたは私を守って……私を守ったから、あなたはっ……！」

「責任を感じる必要はない。俺は俺の心の向くまま行動しただけだ。リリーと共に行動し、同じ時を過ごしたこと、微塵も後悔《こうかい》していない。むしろ僥倖《ぎょうこう》に恵まれたとさえ感じた」

「っ、そんなの、ずるいわ。な、なにも反論できないじゃない」

「ふっ。俺はずるい男だからな」

「それ前にも聞いたわ」

ジークの言葉にほんの少しだけ胸のつかえが取れた気がした。

「なぁ、リリー。俺と手を組もう？　そうすればきっと――」

「そこで何をしているのです？　この先で火災が発生していますので早く表通りに……」

足音とともに声が聞こえ、リリーとジークは同時に音のした方を向いた。

声をかけてきたのは騎士団長のハイドだ。眼鏡の奥で困惑したように灰色の瞳が揺れる。

浮気《うわき》現場を目撃《もくげき》されてしまったかのように青くなったリリーは固まってしまった。

石になった二人とは違いジークは何食わぬ顔でリリーから離れる。

彼が動いたことで我に返ったハイドが困惑しきった顔で問う。

「リリアンナ様、なぜこのような場所に……？　それにそのお方は……」

「俺のことは気にしなくていい。彼女を城へ送ってやってくれ」

「御意。少々お待ちください。準備をしてまいります」

頷いたハイドはそう言って火災現場へと走っていく。

（どうしてハイドがジークの命令を聞くの？）

リリーのいぶかしげな視線に気がついたジークが見せつけるように口角を上げる。

それだけでぽっと頬が熱くなってしまった。思わず両手で顔を隠したリリーだったが、
楽しげに笑われ、ますます彼の顔が見られなくなってしまう。

「お待たせいたしました。王城までお送りいたします」

ものの数分で戻ってきたハイドが二人を見比べ変な顔をしていた。

リリーはいたたまれず、足早に路地を抜ける。表通りへと出てからも、なぜかジークの顔を振り返ることはできなかった。


火事の野次馬で溢れる表通りを、行き交う人にぶつかりながらリリーは歩く。そんなリリーに気がつかないハイドは、ずんずん先に進んで行ってしまう。

一般的《いっぱん》な女性より身長の高いリリーだが、自身より身長の高い男のスピードについていけるほどではなかった。

（ジークはいつも気遣ってくれていたのね）

無意識にジークと比べてしまい、リリーは我に返る。

胸に広がる温かい気持ちを誤魔化《ごまか》すように、ハイドの背中に声をかけた。

「なにか言いたげだけれど、私に聞きたいことでもあるのかしら？」

「私の管轄《かんかつ》だった場所にリリアンナ様がたまたまいらっしゃっただけでは？」

とげとげしい返答に、リリーは思わず笑ってしまう。

驚いたように歩速が緩んだハイドを追い越《こ》し振り返る。

「まどろっこしいのはなしにしましょう。私に何が聞きたいの？」

リリーが真面目な顔を作れば、ハイドは意を決したように口を開いた。

「あのような場所になにかご用だったのですか？　例えば大人の遊び場などの……」

灰色の瞳がじっとリリーを見つめてくる。それはまるで僅かな挙動も見逃さないよう観察しているようだ。屈託《くったく》なく疑われているのは気のせいではないだろう。

「違法《いほう》カジノ、とか？」

「！　なぜそれを？」

「あなたと同じよ。それで、あなたはなぜ違法カジノの存在に気がついたのかしら？」

リリーは意味ありげに微笑んだ。

（疑われて当然ね。積極的に動いたことなんて、今まで一度もないもの）

驚愕《きょうがく》で固まったハイドを置いて歩き出せば、後ろから慌てた足音が聞こえてくる。すぐに追いついたハイドはなんとも言えない表情をしながらも情報を提示してくれた。

「独自で調査を行っているときです。従僕《じゅうぼく》があの建物に出入りした後、貴女《あなた》の婚約者の羽振《はぶ》りがよくなる。思えば、あの金の腕時計は従僕への報酬《ほうしゅう》だったのでしょう」

「金の腕時計……？」

リリーの頭に一人のディーラーが浮かぶ。

夜会で断罪された際、スペンツァーに書類を渡した従僕だ。

（そうよ。同じ腕時計をしていたわ！　なんで気がつかなかったのかしら！　カジノのために雇われたのだと思っていたけれど、元々雇われていたなんて盲点《もうてん》だったわ）

小さく息を吐き、ハイドに続きを促《うなが》す。

「それで、私に聞きたいことはおしまいかしら？」

「いえ、貴女様に婚約者の話を聞くつもりでした」

「困ったわね。私に答えられることなんて、婚約者に似合うドレス一つ贈《おく》れない甲斐性《かいしょう》なしということぐらいよ」

一瞬呆気《いっしゅんあっけ》に取られたハイドだったが、言葉の意味が理解できた瞬間に吹《ふ》き出していた。

（あらあら。この反応。殿下に忠誠を誓っているにしてはいささか……）

一歩間違えば不敬とも取られかねない言動にリリーは疑念を抱いた。

「ごほん。失礼。実は、貴女様の婚約者が私財では到底払《とうていはら》いきれない額の品物を次々と購入しています。その上、国庫からも出ている様子はありません」

ハイドの言葉にリリーは「ふむ」と考え込む素振《そぶ》りをした。心当たりは一つしかない。

「まさかとは思いますが、貴女様がお小遣《こづか》いを渡したということはありませんよね？」

「ええ。ありえないわ」

肩をすくめて見せれば、ハイドは知っていたように頷いた。

（私の私財も調べたわね。まったく、疑《うたぐ》り深いこと）

内心呆れながらもリリーはすぐそこに見える城門を見上げた。

「まるで無から金が湧いたみたいだと思いませんか？　そんな中で違法カジノが見つかっ

たのです。私はそこに何かがあると踏んでいます」

「だけど証拠は火の海の中に消えてしまった……と」

頷いたハイドに、リリーはスペンツァーの執務室で見つけた旧モント金貨を思い出す。

（ハイドは贋金に気がついていない。……今、贋金の話をしたら疑われるだけね）

城門に着いたリリーは、話はこれまでだと終わりを告げる。

「ここまででいいわよ。私も探ってみるから。何か分かればあなたに伝えるわ」

リリーは彼の返答を待たず自室へと歩みを進めた。背中に厳しい視線を感じながら。

（思っていた以上に事態は深刻なようね）

懐刀《ふところがたな》にしなければならないハイドにまでスペンツァーは嫌疑《けんぎ》をかけられている。それだけで事の重大さが感じられた。独自でと枕詞《まくらことば》がついていたようにハイドの単独行動だが、決定的な証拠があればすぐに立件されるだろう。

スペンツァーの企《たくら》みが一人でも調べられるほどザルなのか、ハイドが優秀なのか。間違いなく後者だ。王国のためを思っての行動。それが吉《きち》と出るか、凶《きょう》と出るか。

（婚約者だからと共犯者だと思われるのは嫌な話ね。真っ先に疑うなら……）

ふと浮かんだ考えに、リリーは天啓《てんけい》を得た気がした。

（そうよ。なぜ今までラングレー令嬢を疑わなかったのかしら！）

気持ちを抑えられず、リリーはどんどん早足になっていく。

（金属加工を得意とするラングレー領。硬貨を作るぐらいわけないわ。もしこの仮説が正しいとすれば、殿下の寵愛も違う見方ができる）

寵愛を受けているから、常に一緒に行動しても誰も疑問に思わない。

（でも、あの頭お花畑の殿下に贋金製造なんて思いつくはずがない。なら誰か立案者がいるはず。ラングレー令嬢が立案者の可能性も大いにあるわ。そう考えればディーラーの口から出た『お嬢様』にも納得がいく！）

自室へと辿り着く頃には早足から駆け足へと変わっていたが、リリーは気にもとめず勢い任せに扉を開いた。

「帰ったわ！　アメリア。お給金のことだけれど、話は後でいいかしら」

「いただいた前金で向こう三年は賄えますよ」

「意外ね。もっと請求されると思っていたのだけれど」

ドレッサーの前でリリーは足を止めた。何も言わずともアメリアが後ろに立つ。

リリーの羽織《はおり》を脱がすアメリアが少し笑った気配がした。

「もらえるならもらいます。でも、リリアンナ様の財布《さいふ》事情も存じ上げておりますから」

「……そうね」

「お給金をいただいたからにはちゃんと仕事はしますよ。それに、わたしは暗殺者として格安の優良物件ですから。グアルディアと違って」

グアルディアの話はリリーでも知っている。

最近よく耳にするのは、たった一人で一国を滅《ほろ》ぼしたという噂《うわさ》だ。

それ以外にも、雇うためには莫大《ばくだい》な金額を一括《いっかつ》で払《はら》う必要がある。一族に認められなければ依頼《いらい》は受理されない。色素の薄い髪を持ち、爪《つめ》を黒く塗《ぬ》っているのがグアルディアの証などの噂が飛び交う。実態の摑めないグアルディアの情報は根拠《こんきょ》のないものばかりだ。

「本当にそんな一族がいるかも怪《あや》しいわ」

リリーが少し息を吐いた直後、いるはずのない男の声が響く。

「そんなことはない。グアルディアは存在する」

いきなり聞こえた低音に、リリーは大きく肩を揺らし振り返る。

リリーを見つめるアイスブルーの瞳は夜の静けさに同調しているようでいて情熱が宿っていた。艶やかな黒髪は窓から差し込む月光に照らされ幻想《げんそう》的な色を放つ。

「な、なんでここにいるの！　ジーク！」

リリーの悲鳴にも似た叫《さけ》びに、ソファーに腰掛《こしか》けたままジークは肩を揺らして笑う。

「くくっ。いい反応だな」

「リリアンナ様。このお方は」

「侍女。いい、下がれ。そうすれば俺の訪問をすぐ告げなかったことは不問にしてやる」

「……かしこまりました。リリアンナ様のお茶を用意してまいります」

「え、あ、ちょっ」

命令に従ったアメリアが一礼をして退室した。リリーは制止をしようと伸ばした手を彷徨《さまよ》わせたが、諦めて握り込む。

(まただわ。ハイドもアメリアも、どうしてジークの命令に従うの？　いいえ、そもそもここは私の部屋よ。どうして追い出されないの？)

部屋の主はリリーのはずだが、我が物顔で座る彼に何も言えない。

悶々と考えていたリリーだったが、ジークに声をかけられ我に返った。

「座ったらどうだ？」

素直《すなお》にジークの対面にあるソファーに腰掛け、質問を投げかける。

「どうしてグアルディアについて知っているの？」

「それを知ってどうする？　依頼したいのか？」

試すような笑みにリリーは肩をすくめた。

「まさか。私怨《しえん》で人を殺すような真似はしないわ」

「そうか。やはりリリーは良《い》い女だな」

「そうやってすぐからかうの、どうかと思うわよ。軽すぎて本心かどうか分からないわ」

「心からの言葉なんだがな」

頬杖《ほおづえ》をついてリリーを見つめるジークの目は柔らかい。

「人の心には踏み込んでくるくせに自分の心は見せないの、ずるいと思わない？」

「人の話をちゃんと聞け。さっきから本心だと言ってるだろ」

袖《そで》にされているというのに、ジークが満足そうに顔をほころばせる。その理由がリリーには分からなかった。いや、本当は考えないようにしているだけかもしれない。

「まぁそんな所も可愛いが」

さらりと言われ、リリーは言葉に詰まった。簡単に褒め言葉を口にするジークは顔色一つ変えていない。それがすごく気に食わない。

「恥じらいもない言葉、信じられないわ」

「そういう反応をされると期待してしまうな。思わせぶりなのはどっちなんだか」

「どういうこと……？」

「自覚なしか。まぁいい。なぁリリー。俺と賭《か》けをしないか？」

心の奥底を覗き込まれそうな表情に、リリーは背筋を伸ばした。

「賭け？」

「あぁ。そうだ。俺が賭けに勝ったら、リリーは俺と手を組んで俺に守られてくれ。もしリリーが勝ったらその時は、ピアスを返し二度とリリーの前に姿を現さないと誓おう」

「……そう。賭けの内容は？」

「巻き戻るか、巻き戻らないか、だ。俺は〝再び今日に巻き戻ってくる〟方に賭ける」

いつになく真剣な声色に、リリーは心を刺す痛みに気がつかないフリをした。

「私はもう死ぬつもりなんてないわよ」

「あぁ。知ってる。俺だって死んでほしくない。それに今夜死ななければ、夜会で目に物見せるだけだろ。まぁその時、隣に俺はいないんだろうが」

「……そうね。ジークの手は借りないわ」

「本当強情だな。で、どうする？　賭けに乗るか？」

巻き戻るということは、リリーがまた運命を変えられなかったということだ。

リリーが自ら動けば動くほど、死の気配は近づいてくる。夜会後であったはずの死が、今は夜会の前日にズレているのだから。しかし、すでに冬空に満月一歩手前の月が輝いているため、明日の夜会を乗り越えれば死ぬ可能性は限りなく低い。

「いいわ。賭けに乗ってあげる。私はもう巻き戻らないもの」

ジークも気がついているはずだ。リリーの勝利が目前にあることを。

リリーの勝利――それは、死を回避した先での、巻き戻りの終わりを意味する。

「こんな賭けをしなくてもリリーが守らせてくれたらいいんだが」

「嫌よ」

「だろうな。頑固《がんこ》なリリーを納得させるために巻き戻る方へ賭けるが、さっきも言った通り俺は二度とリリーに死んでほしくないんだ。それだけは分かってくれ」

痛みをこらえるような切ない顔で言われてしまい、リリーは頷くしかない。

緊張《きんちょう》していたのか、ジークがほっと肩の力を抜いた。

静寂が部屋に降りたが、ノック音が響いたため長くは続かなかった。

「入っていいわよ」

リリーの部屋に出入りする侍女は一人しかいない。アメリアだろうと了承《りょうしょう》すれば、扉が遠慮《えんりょ》がちに開かれる。

(アメリアかと思ったけれど、違うみたいね)

リリーの予想通り、入室したのは灰色の長い髪を下ろしたメイドだ。赤色の瞳を泳がせながら彼女はおずおずとほくろのある口元を動かした。

「スペンツァー様からこちらをお持ちするように仰せつかってまいりました」

メイドの口から出た名前に、リリーとジークの眉が寄る。

メイドが持っているのはカクテルだろう。グラスに薄いピンクの液体と氷が入っている。

「そこのサイドテーブルに運んでちょうだい」

寝台の横まで進んだメイドが、水の入ったグラスの横にカクテルを置いた。彼女は震える手を隠すように早足で扉の前まで戻り、頭を下げる。

メイドは頭を上げた際に初めてジークに気がついたようだが何も言わず退室した。

彼女の足音が聞こえなくなった頃、リリーはため息を零す。

「私の不貞《ふてい》が明日には広まってそうね」

「心配ない」

「そう言われても……」

「それが理由で婚約破棄《こんやくはき》されたらちゃんと娶《めと》ってやる。安心しろ」

「は、はぁ!? なんであなたと伴侶《はんりょ》にならないといけないのよ!!」

思わず立ち上がってしまい、なんとなく決まりの悪いような心持ちで落ち着かない。

リリーを追うように立ち上がったジークが距離を詰めてくる。

一歩引いたリリーの手を摑んだジークが自信たっぷりに笑った。

「俺は一途《いちず》で、尽くす男だぞ?」

「……意味が分からないわ」

熱を孕《はら》んだアイスブルーの瞳が、リリーを捉えて離さない。

その瞳に魅入《みい》られてしまったからか、リリーの胸が高鳴った。まるで木の橋を走り抜ける馬の蹄《ひづめ》のように大きな音を立てる。

「リリー」

とろけそうな甘い声に、リリーは肩が強ばった。

「もっと早く出会えればよかったんだがな。そうすれば囲い込めた」

「怖いこと言わないで」

「はぁ。伝わらないのももどかしいな」

「?」

リリーの手を離したジークが、サイドテーブルへ目を向ける。

「あのカクテルは飲むなよ」

「ええ。分かっているわ。手を震わせてしまうなんて人選ミスね」

「毒を盛られる側は、分かりやすくて助かるけどな」

ジークと目が合い、どちらからともなく笑い合う。

軽《かろ》やかな気持ちで笑ったのはいつぶりだろうか。

「それじゃあ私は湯浴みの準備をするから」

「あぁ」

ジークから一歩離れるが、彼は一向に動く素振りを見せない。

着替えをしなければならないと暗に伝えたつもりだったが、通じなかったようだ。

「出て行ってくれないかしら?」

「なぜ?」

「……あなた、分かってて言ってるわね?」

「ちっ。バレたか」

「今舌打ちしたわね⁉」

「ふっ。冗談はこのぐらいにしておこうか。これ以上いると平手が飛んできそうだ」

楽しそうなジークに、リリーはじとりと目を向ける。

「何度も言うが、カクテルは飲むなよ。それじゃ、おやすみ」

黒髪が視界を遮り、頬に生温かな感触がした。

頬に口づけをされたと気がついたのは可愛らしいリップ音がした後だ。

「！？！？！？？！？！？」

リリーをからかって満足したのか、ジークは早々に扉から出て行ってしまった。

一人残されたリリーは、静まり返った部屋でぽつりと呟く。

「……熱いわ」

口づけをされた頬が火照《ほて》っている。

なんとか冷静さを取り戻そうとサイドテーブルまで移動し、置かれた水を呷る。

「尽くす男、だなんて必死になって……」

ジークの言葉を思い出しながら、リリーはグラスを置いた。

「……十分伝わっているわ。気づかないわけ、ないじゃない」

誰に聞かせるわけでもなくリリーは本心を吐露《とろ》する。

「私だって、殿下よりも先に会いたかった」

第三章

(息、が……。苦しい、どうして)

火の中で呼吸をしようとしているような息苦しさに、リリーはただただ藻掻《もが》く。

(こんな時に出てくるのが、どうしてジークなのかしら。無性《むしょう》に顔が見たくなるなんて。まるで彼のこと……)

胸に温かな気持ちが広がる。自覚した途端《とたん》、息苦しさがなくなった。

かすかにジークの声が聞こえた気がしたが、就寝《しゅうしん》中に彼がいるはずがない。

(そうよ。私は明日のために床《とこ》についたのだから、これは、夢よ!)


がばりと起き上がったリリーは部屋に差し込む光にほっと息を吐《は》いた。

「……最悪な寝覚《ねざ》めだわ」

からからに渇《かわ》いた喉《のど》を、サイドテーブルに置かれている水で潤《うるお》す。

「これで賭《か》けは私の勝ち。ジークもこれで諦《あきら》めたでしょう」

ぽっかりと心に穴が空いたような感覚がリリーを包む。

「……どうしてこんな気持ちになるのよ」

形容しがたい気持ちを抱《かか》えていると、いきなり扉《とびら》が開いた。

「お目覚めですか？　リリアンナ様」

「ええ。おはよう。アメリア」

灰色の目を少し見張ったアメリアに違和感《いわかん》を覚えたものの、リリーは彼女が持ってきた水桶《みずおけ》で顔を清めた。その後、ドレッサーの前で身だしなみを整えられながら、今日行われる夜会に頭を悩《なや》ませる。

「本来なら殿下《でんか》と対《つい》になるようなドレスを着るべきだとは思うのだけれど……」

「忙《いそが》しい方ですから」

スペンツァーを庇《かば》うような言葉にリリーは眉《まゆ》を寄せる。

（やっぱり何か変よ）

ドレッサーに置きっぱなしだったジュエリーボックスの蓋《ふた》を開け――すぐさま閉じた。

（どうして!?　あれは確かにアメリアに渡《わた》したはず……！）

予想していなかった物を目にしたリリーは気が動転しそうになるが、息を吐いて落ち着かせた。反射的に閉じてしまったジュエリーボックスをもう一度開く。

色とりどりの宝飾《ほうしょく》品が自己主張しているが、問題は一つのネックレスと指輪だ。

（アメリアが戻《もど》した？　いえ、そんなこと絶対にしないわ。なら、私はまた……？）

行き着いた答えにリリーは青ざめた。確信を得るためアメリアへ質問を投げかける。

「明日はモントシュタインの新皇帝《こうてい》を招く夜会なのよね？」

「はい」

間髪《かんはつ》を容《い》れずに返ってきた肯定《こうてい》に、リリーは力なく「そう」と答える。

（なぜ巻《ま》き戻ったの？　それも就寝中に）

警戒《けいかい》していたカクテルは飲まず、水を口にした。就寝中であれど、襲撃《しゅうげき》にあえば殺気で気がつく。控《ひか》えているアメリアも同様に気がつくだろう。

（心臓を貫《つらぬ》かれた痛みはなかった。あったのは少しの息苦しさだけ）

理由が分からず困惑《こんわく》していると後ろから気遣《きづか》うような声が降ってくる。

「あまり顔色がよくありませんね。……確か今日の執務《しつむ》は明日の分ばかりのはず。ですから今日は一日お休みになってください」

聞き覚えのある言葉に、嫌《いや》でも巻き戻っているのだと自覚させられる。

顔を上げれば、鏡越《ご》しに少量の水が残ったグラスが見えた。

（明らかに怪《あや》しいカクテルだと飲まない。それを見越して水に毒を混ぜていたら？）

今までの記憶《きおく》を辿《たど》れば、どの生でも水は注がれていた。

（……そういえば、足音で目が覚めたことがあったわね）

火事の最中に命を落とした後、一度だけ走り去る足音で起こされた。まだ薄暗《うすぐら》い早朝のことで、気にもとめなかった。しかし、少しの懸念《けねん》も残しておきたくない。

「あの水、誰《だれ》が持ってきたのかしら？」

「？　あれは……確かメイドだったと思います」

「それは……灰色の髪《かみ》と赤い目で、顎《あご》にほくろのあるメイドかしら？」

「はい」

「っ、そう。ありがとう」

目礼をしたアメリアに気づかれぬよう、リリーは唇《くちびる》を噛《か》んだ。

（迂闊《うかつ》だったわ）

今まで水に手を付けてこなかった。だというのに、昨夜に限って飲んでしまった。

（夢で息苦しかったのは毒の影響《えいきょう》。途中《とちゅう》、息苦しさがなくなったのは、巻き戻ったから）

鏡越しに飲みかけのグラスを睨《にら》み、気がつく。気づいた事実がリリーの思考を蝕《むしば》む。

（私、毒の入った水をさっき口にして……。また死ぬの……？　嫌だ、死にたくなんてない。でも私の不注意のせいで……あと、どれぐらい時間が？　ジークにどう説明したら……）

今にも泣き出しそうな赤色と目が合った。鏡の中の自分はひどく頼《たよ》りない顔をしている。

（こんな顔、ジークには見せられないわ。賭けに勝ったとすぐに会いに来そうだもの）

リリーは目を閉じ、大きく深呼吸をしてから、目を開けた。

そこにはもう、迷いを抱えた少女は映っていない。決意を灯《とも》す緋色《ひいろ》の瞳《ひとみ》は、まるで本物の炎《ほのお》を宿しているかのように揺《ゆ》れる。アレキサンドライトが耳元で輝《かがや》いた。

覚悟《かくご》を決め、アメリアへ声をかける。

「アメリア。気遣いありがとう。あなたに気がつかれるのだから、よほど酷《ひど》い顔をしているのね。今日の予定を全てキャンセルしてちょうだい。それと騎士《きし》団長に言伝《ことづて》を頼《たの》むわ」

「かしこまりました。騎士団長へはなんと？」

「城下で事件が起こるかもしれないと」

アメリアは突拍子《とっぴょうし》もない言葉に首を傾《かし》げつつも頷《うなず》いた。

予定調整のために退室したアメリアを見送り、足音が聞こえなくなってから動き出す。

尾けられると知っていれば、撒くのは容易い。

一番動きやすいワンピースに着替《きが》え、窓を開けた。

「いるかと思ったのだけれど、いないのね」

リリーは少しほっと胸を撫《な》で下ろす。

(今、ジークの顔を見たら泣き言を言いそうだもの。もう少ししてから会いたいわ。それに分かったこともある。再び毒を飲んだ時点で私の死は確定したようなもの。だけどまだ巻き戻っていないってことは、心の臓が止まるまでは巻き戻らない)

王城を抜《ぬ》け出すためにバルコニーへ出たリリーは腰壁《ようへき》に上った。

「毒を盛るぐらい、私が邪魔《じゃま》ってことは分かったからよしとしましょう。よっ、と！」

バルコニーの目の前に立つ大木の枝に掴まり勢いを殺す。

さらに降りようと手を離《はな》した瞬間《しゅんかん》、目に飛び込んできた黒髪《くろかみ》にリリーは目を見開いた。

反応が遅《おく》れてしまったリリーは、悲鳴にも似た声を上げる。

「っ、ジークっ、そこどいて‼」

「は？　っ、リリー⁉」

互《たが》いに回避《かいひ》できる距離《きょり》ではない。リリーは痛みを覚悟し、目を閉じた。だが、いつまで経《た》っても予想していた痛みは訪《おとず》れなかった。

代わりに訪れたのは少しの衝撃《しょうげき》だけ。背中に回されたぬくもりに恐《おそ》る恐る目を開けると、眼前に広がっていたのは質のいい服と肌色《はだいろ》だった。

「じ、ジーク」

「何やってるんだ、リリー」

「それはこっちの台詞《せりふ》よ。庇ってくれたのは嬉《うれ》しいけど、私はちゃんと着地できたわ」

「知ってる。それにしても、いつになく素直《すなお》だな？　何か心情の変化でもあったのか？」

「……別に。なにもないわ」

毒を飲んだと悟《さと》られないよう、リリーはアイスブルーの瞳から目を逸《そ》らした。

リリーが顔ごと視線を外したのをいいことに、ジークがリリーの頰《ほお》へ唇を寄せる。

ジークに包み込まれたリリーに逃《に》げ場はなく、彼の唇を受け入れるしかない。

「ふっ。可愛《かわい》いな」

からかうような甘い声が耳元で聞こえ、リリーは恥《は》ずかしさで燃えてしまいそうだ。

拒否《きょひ》することなく頬へのキスを受け入れてしまい、視線を彷徨《さまよ》わせる。

せめて少し離れようと身をよじるが、さらに抱《だ》きすくめられてしまった。首筋に顔を埋《う》められ少しくすぐったい。

「リリー。俺は……こんな賭けに勝ちたくなかった。リリーが無事なら、俺は身を引けたんだ。なのに、なんで死んだんだっ！」

背中に回ったジークの手が震《ふる》えていることに気がつき、リリーはおずおずと彼の頭に手を乗せた。子どもを落ち着かせるように、ゆったりと慣れない手つきで頭を撫でる。

「ごめんなさい。あなたを置いていって」

「っ、謝ることじゃない。悪いのはリリーを手にかけた奴《やつ》だ。どうして死んだか、分かっているのか？」

「……いえ。でも片方が死んでも二人とも巻き戻ってしまうって分かったわ」

リリーはこれ以上ジークを揺らがせてはならないと嘘《うそ》をついた。しかし聡《さと》い彼は、返答までの些細《ささい》な間を気にするだろう。疑念から目を逸らさせるため彼の望む言葉を口に出す。

「ねぇ、ジーク。力を貸してくれる？」

顔を上げたジークと目が合う。瞼《まぶた》に深い哀愁《あいしゅう》が籠《こ》もった表情で彼は頷いた。

「あぁ。もちろんだ」

「きゃっ⁉　ちょっと！」

リリーを軽々と抱き上げたジークが歩き出す。

「城下に行くんだろ？」

「そうだけれど、降ろして」

「却下《きゃっか》。リリーは放っておくとすぐに死にそうだからな」

「そんなこと……って城門から出るつもり？　誰かに見られるのは避《さ》けたいのだけど」

ジークが進む方向には城門がある。門番に見つかればリリーは部屋にとんぼ返りだ。

「大丈夫《だいじょうぶ》だ。それと、その言い方だと見られなければいいと言っているようなものだぞ」

「っ、私をからかって楽しい？」

「どんなリリーも余すことなく見てみたいからな」

「答えになっていないわ」

今まで以上に甘い顔と声でリリーを構うジークに、リリーは憎《にく》まれ口を叩《たた》くことしかできない。砂糖菓子《がし》のような視線に耐《た》えられず顔を背《そむ》けた。

城門に着いた二人は気配を消してそっと様子を窺《うかが》う。

ちょうどレヴェリーが門番に詰《つ》め寄っているお決まりの場面だ。

「どうかお取り次ぎをっ」

「ええい！　殿下は忙しいのだ‼　散れ‼」

「もう半年になるんだ！　まだ見つからないなんて職務怠慢《たいまん》なんじゃないのか⁉」

必死に門番に訴《うった》えるレヴェリーの茶色の瞳が見開かれる。それは見間違《みまちが》いかと思うほどに一瞬《いっしゅん》だった。

（今、私達に気がついた）

気配を殺しているリリー達に気がつくレヴェリーは、やはり皇帝の手先なのだろう。

ジークが歩き出すと、レヴェリーは示し合わせたように声を張り上げた。

「本当に捜索《そうさく》をしているのか⁉　殿下を呼んでくれ‼」

「騎士団は忙しいんだ！　一つの事件ばかりに注力できない！」

扇動《せんどう》された誘拐《ゆうかい》事件の被害《ひがい》者達が門番を囲うように詰め寄る。それに乗じ、ジークは何食わぬ顔で城門を通った。人垣《ひとがき》に埋もれた門番がリリー達に気がつくことはない。

表通りに着いたリリーはようやく姫抱《ひめだ》っこから解放された。

（放火を止めるためにあの三人を待つ？　それともカジノや他に何か見落としが……）

カジノへと歩き出せば、リリーの腰《こし》に腕《うで》が回った。それに気がつかないフリをしていれば、力強く引き寄せられる。すると、リリーの横を男が通り過ぎた。悔《くや》しげに舌打ちをした男はジークに睨まれ足早に去っていく。

「ありがとう」

「スリか、女に触《さわ》りたいだけか分からんが、リリーは俺が守ると誓《ちか》ったからな」

「誓っては、ないような気がするのだけど」

「同じだ。それに俺にリリーを守らせてくれる約束だろう？」

「……好きにしたら」

リリーの言葉に、ジークはいいことを聞いたとにんまり笑った。

「そんな可愛いこと言われると、もっと構いたくなるな」

「っ⁉　撤回《てっかい》！　好きにしちゃ駄目《だめ》！　節度を持って‼」

急に近づいてきた造形美に慌《あわ》てていると、見知った二人が視線の間を横切った。

「喫茶王冠《きっさおうかん》の予約を取っているんだ」

「まぁ！　一年先まで予約が取れないと有名なあの？」

「あぁ、そうだ。行きたいと言っていただろう？」

「ミアが行きたいって言ってたの、覚えてくれてたの？　スペン様大好き！」

仲睦《むつ》まじい様子で腕を組み歩いていくのはミアとスペンツァーだ。

リリー達は二人の会話を聞き取れるほど近い距離にいたが、スペンツァー達は気がつかず通り過ぎていく。

（そうだ。あの二人が贋金《にせがね》に関わっているって証拠《しょうこ》をまだ摑《つか》めていないわ。ついて行けたらいいのだけれど……）

注意力散漫《さんまん》な二人にジークは呆《あき》れている。

「この距離で気がつかないのか」

「そういう人よ。喫茶王冠ってなんで貴族に人気なの？」

「ん？　そうだな。紹介《しょうかい》制と個室でのサービスのきめ細やかさがウケているらしいぞ」

「詳《くわ》しいのね」

まるで訪れたことのあるような口ぶりに、胸にもやもやとした感情が渦巻《うずま》いた。

「なんだ？　行きたいのか？」

「べ、べつにそういうわけじゃ……」

「本当分かりやすいな。そんな拗《す》ねた顔をされたら、なんでも叶《かな》えてやりたくなる」

ジークがリリーの手を取り、スペンツァー達を追うように歩き出す。

「ちょ、そんなんじゃ……。そもそも一年先まで予約が埋まっているって、さっき」

「大丈夫だ。絶対入れるから。それに俺が行きたいんだ。付き合ってくれるだろ？」

「なんでそんなに自信満々なのよ」

「んー。秘密」

弧《こ》を描《えが》いた唇に人差し指を当て内緒《ないしょ》だとポーズを作ったジークは心底楽しそうだった。

表通りから数分歩いた先に喫茶王冠はあった。

三階建ての建物で、外観はどこにでもありそうな雰囲気《ふんいき》だ。

ジークに連れられて扉をくぐったリリーは懐《なつ》かしい内装に目を見開いた。

どっしりとした柱と動的な曲線が一体化した造形は、中央部の巨大《きょだい》なシャンデリアを強調している。左右対称《たいしょう》に彫《ほ》られた躍動《やくどう》感溢《あふ》れる植物紋様《もんよう》や金箔《きんぱく》は権威《けんい》を表すものだ。贅《ぜい》をこらした装飾《そうしょく》は椅子《いす》やテーブルの細部にも施《ほどこ》されていた。

（公国式の内装だなんて、王国では珍《めずら》しいわね）

呆《ほう》けたリリーを愛おしげに見つめたジークが、目の前の店員に声をかけた。

「金髪《きんぱつ》の男と亜麻《あま》色髪の女が来ただろ？　それの隣《となり》に案内してくれ」

「かしこまりました。ご案内いたします」

店員と共に三階へと上がれば、一番奥の部屋の扉を開けられた。

室内は一階と同じく公国式の内装になっているようだ。

扉の正面には細長い窓があるが少し薄暗い。その上、なぜか左側の壁《かべ》一面がカーテンで覆《おお》われていた。

「ここだよ～。さっ、入って入って」

先ほどと打って変わり気安い口調になった店員に、リリーは眉をひそめた。

しかし、ジークは気にした様子もなく店員に話しかける。

「……レヴェリー、変わりないか？」

「ん～。ちょ～っと気になることが隣で起きてるよぉ」

「そうか。来て正解だったな」

リリーは聞こえた名前に目を丸くしながら、気軽に話す二人を交互《こうご》に見る。

店員の服装をしていて気がつかなかったが店員は、門番に詰め寄っていた――

「ぼく、レヴェリー。よろしくね、可愛いお嬢《じょう》さん」

「え、あ、よろしく……？」

レヴェリーからウインクが飛んでくるが、リリーはそれどころではなかった。

（全然気がつかなかったわ！　どこにでもいるような店員だとばかり……。ということは、公国の内装はカムフラージュで、本当は帝国の所有物ってこと？）

「ジークがこんな可愛い子を連れてくるとは思ってなかったよ」

「うるさい」

「まったまたぁ！　照れることないじゃないか！　ぼくとジークの仲なのにさ」

聞き覚えのあるからかいに、リリーは我に返った。

「とりあえず中に入らない？」

「あぁ。ほら、リリー。こっちだ」

流れるように手を取られ、テーブルの近くまでエスコートされた。

「あのジークが、自分からエスコートしてる……。まぁいいや。ここならあの人達と隣だし、一方的に見ることもできる。あとカジノもよく見えるよぉ」

ほら、と窓を指され窓の外を見れば、レヴェリーの言う通りカジノがよく見える。

視界の端《はし》で何かが光り、リリーは反射的に窓を開けた。

「どうした？」

「今、何か光った気がしたの」

カジノの裏で壺をひっくり返し液体を撒《ま》く甲冑の姿を捉《とら》えたリリーは、じっと甲冑を見つめる。その壺や甲冑は見覚えがあった。

（あれは油だったわよね）

正確に把握《はあく》しようとリリーが身を乗り出す。途端、腕が痺《しび》れ体勢が崩《くず》れた。

（毒がもう回って……）

「ちょ、リリー⁉」

血相を変えたジークがリリーを抱き留《と》める。ジークから早鐘《はやがね》を打つ鼓動《こどう》が伝わる。

「お嬢さん、やるねぇ。ジークの焦《あせ》った顔、初めて見た」

「はぁー。それで、何を見つけたんだ」

「……ごめんなさい。この下で油を撒く人がいたものだから、つい」

「まったく俺とのデートが嫌になって逃げ出そうとしたのかと思っただろ」

「へ？　デート？」

窓際《まどぎわ》から離された後、リリーの腰から手が離れた。なぜだか名残惜《なごりお》しい気分になってしまい、リリーは困惑を隠《かく》せない。

「男女が二人きりで食事をするんだ。デートだろ？」

「え、いや、だって、レヴェリーもいるし……」

「あ？　まだいたのか。早くアレ捕まえてこい」

矛先《ほこさき》がいきなり向いたレヴェリーはけらけらと笑いながら、窓の下を確認《かくにん》する。

「ジーク、お嬢さんにフラれたからって八つ当たりはよくないんじゃないかなぁ？　もー怖《こわ》い顔で睨まないで。わかったよぉ。よっと。それじゃあね、お嬢さん」

窓に足をかけたレヴェリーに、リリーは困り切った表情を浮《う》かべた。

「え、ここ三階……」

「何かあったらカーテンを開けてみてね。じゃ、またねー」

そう言葉を残しレヴェリーは窓から飛び降りた。窓の外をすぐに確認したが、すでに姿が見えない。

「ねぇ、ジーク。カーテンがどうしたの？　それにレヴェリーって、いったい——」

何者と続く言葉はジークの指で塞《ふさ》がれてしまった。

「俺の前で他の男の話をするな」

「むむむ！」

指で押さえられ口が開かず、リリーは変な声しか上げられない。

「俺がこんなに我慢《がまん》しているのに、リリーには伝わっていないみたいだ」

「ぷはっ。何をよ」

「俺が言った意味をだ。それともアプローチが理解できないほど鈍感《どんかん》なのか？」

「アプローチ？」

リリーがわざとらしく首を傾げれば、ジークは大きなため息をついた。

（気づくに決まっているじゃない。でも今は、そういうことは考えちゃ駄目なのよ）

今は繰《く》り返される一日をどうにか超《こ》えなければという思いでいっぱいいっぱいだ。向けられた好意を受け取る余裕《よゆう》はない。

「なぁ、さっきなんで窓から落ちかけた？」

脈絡《みゃくらく》もなく投げかけられた言葉に、リリーの肩《かた》がぎくりと揺れた。

探《さぐ》るようなアイスブルーの瞳に見つめられ、リリーはいたたまれず目を逸らす。

「二階のバルコニーから飛び降りるようなお転婆《てんば》が、こんな窓で手を滑《すべ》らすなんて考えられないだろ。まぁ人間だからな。多少のミスぐらいある、だが、気がついているか？」

リリーの返事を待たずにジークは言葉を続ける。

「顔が少し引き攣《つ》ってる」

「え？」

全く意識していなかったことを指摘《してき》され、リリーは頬を両手で覆った。

ジークの手がリリーを追い詰めるように壁へ伸《の》ばされ、退路を塞いだ。

「俺はその症状《しょうじょう》に見覚えがある。リリー正直に言ってくれ。俺に何か隠し事を――」

「なぜ僕が我慢しなければならない!!!!」

スペンツァーの大声とドンッと何かを叩きつけた音が隣から聞こえた。

リリーを追い詰めていたジークが眉を上げる。

彼の意識が完全に隣の部屋へ向き、リリーはこれ幸いと少し距離を取った。

（よかった。あのまま問い詰められてしまったら、毒のことを言ってしまうところだったわ。すでに両手が痺れているから、私に残された時間は……）

胸の前で感覚のない両手を祈《いの》るように握《にぎ》りしめた。

「そんな顔をするな。いや、悩ましい顔をするリリーも可愛いが……」

「な、なにを言っているのよ」

「ふっ。いつもの顔に戻ったな。さて、リリー。何を見ても大きな声を出すなよ」

「？　えぇ」

ジークがリリーから離れ、壁一面を覆っていたカーテンを開いた。

「っ!?」

驚きに大声を上げそうになったリリーはすんでのところで声を呑《の》み込んだ。ジークから事前に注意を受けていなければ声が漏《も》れていただろう。

カーテンの奥にあったのは、隣の部屋だ。

同じ公国式の内装が広がっているが、一つ違《ちが》うのは隣の部屋の窓は空が見えるほど大きいということだろう。

隣の部屋ではリリー達に背を向けたスペンツァーとミアが寄り添《そ》うようにテーブルを囲んでいた。テーブルには火の灯ったランタンや人数分のグラス、公国の民族料理や分厚い書類が置かれている。

「もっと増産せねばならぬのだ！」

「スペン様の言う通りですよ。予定ではまだ大丈夫なはずでしょう？　ミアの領地にはまだまだたくさん資源が残っているもの」

テーブルの奥でマルベリー色の髪が揺れる。

優雅《ゆうが》な所作で立ち上がった女性――ソフィアはテラコッタの瞳を軽蔑《けいべつ》したように細め、スペンツァー達を見下ろした。

「そうは言ってもねぇ。新皇帝がなにやら嗅《か》ぎつけたようでしてよぉ？　それもこれも貴女《あなた》達が使いすぎたからでなくてぇ？　もっと自重《じちょう》したらどうかしらぁ？」

彼女の目にはスペンツァー達しか映っていないようで、リリー達を気にする様子はない。

（こんなに近くにいるのに、ソフィアお姉様はどうして気がつかないの？）

目の前の光景を呑み込めずリリーがせわしなく隣の部屋とジークに視線を彷徨わせていれば、ジークが肩を揺らして笑い始めた。

「な、なんで笑うのよ」

「リリーはやっぱり可愛いな」

近づいてきたジークに身構えたリリーだったが、手を取られ部屋の境まで引っ張られる。

「答えになってないわ」

「なってるだろ。俺と手を繋《つな》いでも嫌がりもしなくなったって、気づいてるか？」

繋いだ手を見せつけられ、リリーは俯《うつむ》きがちに視線を逸らした。

「こ、こんなことしてたら、ソフィアお姉様達にバレてしまうわよ」

「バレなければいいのか？」

「っ、ふざけないで」

「冗談《じょうだん》だ。だが安心したらいい。特殊《とくしゅ》な加工を施しているからな。こちら側からは見えても、向こうからはただの鏡にしか見えない」

ジークが空いた手を伸ばせば、彼の手が目の前の何かに触《ふ》れる。

「……へ？」

「帝国では半透明《とうめい》鏡と呼ばれている。こういう時のために壁の代わりに仕込んだ」

「それを早く言ってちょうだい！」

「悪い悪い。リリーの反応が可愛くてついな。これで顔もよく見えるだろ？」

「……ええ。誰が優位なのか、手に取るように分かるわね」

リリーは彼女達にバレないのならと視線を移した。

立ち上がったソフィアに、スペンツァーが苛立《いらだ》った声を投げかける。

「バレなければ問題ないのだろう⁉」

その言葉に何を思ったのか、ため息をついたソフィアが窓辺へと進む。

既視感《きしかん》のある状況《じょうきょう》にリリーはそういえばと記憶を辿る。

（初めてカジノへ行った時、ソフィアお姉様がここから見下ろしていたわね）

明日の夜会に招待されているのは知っていた。

（でもまさか、ソフィアお姉様が殿下と密会しているだなんて）

眉をひそめるリリーの頬をジークが撫でる。

「新皇帝が嗅ぎつけたってことは、贋金に関連する話とみて間違いなさそうだ」

「ええ。贋金を思いついたのが殿下ではなく、ソフィアお姉様なら納と、く」

ぷかりと、泡沫《ほうまつ》のように浮かんだ記憶が蘇《よみがえ》る。

スペンツァーの執務机に隠されていた恋文《こいぶみ》は、ソフィアから送られたものだった。

秘めたる恋心《こいごころ》は、見つかったとしてもリリーがスペンツァーに宛《あ》てたものだと誰しもが思うだろう。なにせリリーが愛用する封筒《ふうとう》と便箋が使われているのだから。

（もしかして、あの恋文は何かをカムフラージュするためのものだったんじゃ……）

リリーの考えを肯定するかのようにソフィアの口から言葉が紡《つむ》がれる。

「そもそもぉ、わたくし忠告しましたでしょう？　『新皇帝は切れ者。油断大敵』だと」

「あの怪文書《かいぶんしょ》のことか？　いつもいつも面倒《めんどう》なことをしおって！」

ふんぞり返るスペンツァーに、リリーはやっぱりと唇を噛んだ。

（やっぱりあれは暗号が仕込まれたものだったのね！）

秘めたる恋心を暴いてしまったと目を逸らしたが、ソフィアの思うつぼだったらしい。

「お互い痛くもない腹は探られたくないと思っていたのだけれどぉ？」

「ミア達のしていることは、痛くもない腹とは言わないと思うわ」

「うふふ。そうだったわねぇ。貴女も同じ穴のムジナだけれど、分かっていらして？」

くるくるとマルベリーの髪を弄《もてあそ》びながらソフィアはミアに近づいた。

肩を抱かれたミアは少し青い顔をソフィアへと向ける。

「……分かっているわ。明るみに出ればミアも、スペン様も、無事ではいられない」

「ならいいのよぅ。わたくしが用意したメイドも手は打っているのだけれど、それだけじゃ心許《こころもと》ないと思っているのよぉ。だから……」

テーブルに置かれたランタンをソフィアが手に取る。彼女は窓に近づきランタンを窓から投げ捨てた。

突然《とつぜん》の行動に固まってしまったが、外から聞こえた大きな音にリリーは我に返った。

「あらあらぁ大変。火事だわぁ」

白々しい言葉にリリーは慌てて窓辺へと足を向ける。

リリーが窓の外を覗《のぞ》き込もうと身を乗り出そうとするも、ジークの手に阻《はば》まれてしまった。一度落ちかけたからか、彼の腕が腰に回り引き寄せられる。

(過保護だわ。……大事にされているって、勘違いしそう)

リリーの代わりに下を覗き込んだジークが舌打ちをする。

「カジノの火災はあいつらが元凶《げんきょう》か。いったい何を考えているんだか」

苦り切った表情を隠しもせず、ジークは吐き捨てた。

「なんてことをしてくれたのだ！　今までの努力が水の泡《あわ》ではないか!!」

「だってぇ、これが一番だものぉ。それに今頃、あの中でも火災が起きているはずよぉ。あと、わたくしは、この件から手を引かせてもらうわぁ」

「だからって燃やす必要ないじゃない。だって、あの、あそこの地下には……」

ミアが後退るように立ち上がる。全身から血の気が引いたように顔が真っ青だ。

目に見えて震えるミアに、ソフィアは意味ありげな笑《え》みを浮かべるだけだ。

「城下に火を放ってまで隠したい物があの中にあるってことよね？」

「あぁ。公女《こうじょ》でも見つかればただ事では済まないもの、か……」

黙《だま》り込むリリー達をよそに話は進んでいく。

「ただ燃やすだけでは芸がないでしょ？　だから、いいものを用意しておいたわぁ。あの愚《ぐ》図《ず》な妹……あら失礼。そう、リリアンナに全てを押しつけてしまえばいいのよぉ」

ソフィアがテーブルの上に置かれたままだった分厚い書類の束に目をやる。彼女の視線を追ったスペンツァーが困惑しきった不安を漏らす。

「その書類をリリアンナに突《つ》きつければいいのか？」

「ええ。明日の夜会にでも見せてやりなさいな。そうすれば、新皇帝の疑いがわたくし達に向くことなく、この件を片付けられるわぁ」

「ほう。それはいいな！」

背中しか見えないが、きっとスペンツァーもソフィアと同じような悪い笑みを浮かべているだろう。

「くれぐれも失敗なさらないでねぇ？　貴方《あなた》達が結ばれて、わたくしが新皇帝に取り入るためにも。それじゃあわたくしはそろそろお暇《いとま》するわぁ」

ひらひらと手を振《ふ》ってソフィアが隣部屋から出て行く。顔を見合わせたスペンツァーとミアも、ソフィアを追うように退出した。

(私を断罪するための書類が見つからなかったのは、こういう理由だったのね)

先ほどの彼らの会話にリリーは一人納得《なっとく》する。

「俺達も出よう。このままだと火事に巻き込まれかねない」

「ええ。そうしましょう」

腰に回った手から離れようと一歩踏み出したその時。リリーの足から力が抜けた。

崩れ落ちそうになったリリーだったがジークに支えられ、ほっと息をついた。

「ありが……」

リリーはジークを見上げ、後悔《こうかい》した。

この世のものとは思えない美貌《びぼう》が、それはそれはとても怖い顔をしていたからだ。

リリーは生きた心地《ここち》がせず無意識に後退ろうとする。しかし、ジークに回された腕がそれを許さない。軽々と抱き上げられ、怖い顔がさらに近づいた。

「ひゃあっ！　なに⁉」

「いつ毒を飲んだ？」

真意を探るアイスブルーの瞳から逃《のが》れるため、リリーは誤魔化《ごまか》すようにジークの胸へ顔を寄せた。頭の上で息を呑んだ音が聞こえたが、もう一度彼の顔を見る勇気はない。

リリーは一定のリズムで揺れる腕の中で一生懸命《いっしょうけんめい》頭を回す。

（バレた……。でも、だからといって正直に話したら、また悲しませてしまうわ）

ぐるぐると考えている間にいつの間にか喫茶王冠から出ていた。

ジークは人の流れに逆らって歩いていく。

「はぁ。だんまりか」

「ど、毒なんて」

「俺は、いつ、どこで飲んだのかを聞いている。いまさら飲んでないとは言わせない。毒には慣れていると言っただろ？」

怒《おこ》ることなく静かに告げられ、リリーは恐る恐るジークの顔を見上げる。

今にも泣き出してしまいそうな表情に、自分が間違っていたのだと痛感した。

（こんな顔をさせたくて黙っていたわけじゃないのに……）

どんよりとした雲の隙間《すきま》から満ちる直前の月が覗く。月光がジークと耳元のアレキサンドライトのピアスを照らした。

「……朝、起きてすぐに飲んだ水に混入していたのよ。私の食器やカトラリーは銀製ではないから、毒の混入には気づけない」

「ちっ。あのバカ王子が。仮にも公国から預かった大事な公女だろうが」

「仮にもって……私はれっきとした公女げほげほっ」

咄嗟《とっさ》に両手で口元を覆ったが、指の隙間から鮮血《せんけつ》が溢れた。

「っ、リリー」

「ごめんなさい、服が……」

「気にするな。すぐレヴェリーを見つける。待ってろ。毒ならあいつがなんとかできる」

「そう。でも自分の体のことだもの。もう残された時間が少ないってことぐらい嫌でも分かるわ。だから、残り僅《わず》かな時間、私と一緒《いっしょ》にいてくれる……？」

すでにリリーの手足は自由に動かない。今は口も回ってはいるが、引き攣って喋《しゃべ》りにくくなってきている。どう考えても手遅れだ。

「もちろんだ。俺はずっとリリーの傍《そば》にいる」

「ふふ。即答《そくとう》ね。なら静かな所に連れて行って。二人きりになれる場所がいいわ」


ジークに連れてこられたのは、城下の外れにある高台だ。そこは城下町と海が一望でき、黒煙《こくえん》が上る様子もよく見える。

ジークは芝生《しばふ》に自身の上着を敷き、そこにリリーを横たえた。芝生に座った彼に膝枕《ひざまくら》をされるが、すでに抵抗《ていこう》する気力もない。

「ここならリリーの要望通りだろ？」

「そう、ね。ありが、とう」

上手《うま》く回らなくなった唇を懸命《けんめい》に動かす。霞《かす》んだ視界で彼が眉を下げたのが見えた。

「どういたしまして」

「あなたが、しおら、しいと、ちょっと、変な、感じげほっ」

リリーの胸元《むなもと》に大輪の赤い花が散る。それはリリーの命そのものだ。

ジークが口元を拭《ふ》いてくれるが、彼のハンカチはすでに真っ赤に染まっている。

「無理に喋らなくてもいい。俺が勝手に喋るから」

優《やさ》しく頭を撫でられ、リリーは気持ちよさに目を細めた。

「海の向こうにあるのが俺の国だ。夜会に参加したのは仕事をするためと、あわよくば花《はな》嫁《よめ》を探せればいいと思っていた」

（この顔なら引く手あまたでしょうに、他国で花嫁探しなんて、なにか問題が……？）

「ふっ。やっぱりリリーは分かりやすくていいな。俺は帝国で伴侶《はんりょ》を見つけることができない。むしろどれだけ地位が高くとも、俺のような血も涙《なみだ》もないやつに大事な娘《むすめ》を嫁《とつ》がせたい親はいないだろう。それに俺が娶《めと》りたいと思う相手もいなかった」

（いったい何をやらかしたの？　こんな美丈夫《びじょうふ》を令嬢《れいじょう》達が放っておくなんて）

目を開けようとするが、どれだけ力を入れても瞼は持ち上がらない。

すでに腕も、脚《あし》も、体も、すべて動かない今、なんとか動いているのは脳と耳だけだ。

「だが、やっと伴侶にしたいと思える相手が見つかった。なぁ、リリー？」

砂糖を煮詰《につ》めたような甘い声で名前を呼ばれ、リリーは体を強《こわ》ばらせた。

「俺はリリーと夫婦《ふうふ》になりたい」

リリーが目を凝《こ》らすと、彼の美しい顔が歪《ゆが》んでいるのが分かった。

（なんて顔をしているのよ）

ジークはいつもの飄々《ひょうひょう》とした顔ではなく、泣き笑いのような顔をしていた。

見てはいけないものを見たような気がしたリリーは顔を背けようとする。しかし、体が動かないため潔《いさぎよ》く目を閉じた。

「良《い》い女は失って初めて気がつくって、自分で言ったのにな。思い知ったよ」

いつもより速い鼓動が、毒によるものなのか、ジークから伝わる熱にあてられたものなのか分からない。

「そ、げほげほっ」

そんなことない、心配しないで。と声を出そうとしたが、咳《せ》き込んでしまった。

優しい手つきで口元をハンカチで拭《ぬぐ》われる。

「無理に喋るな。心配しなくとも、俺はリリーの傍にいる」

ジークの手がリリーの頬をなぞった。普段《ふだん》であれば振り払《はら》うが、体が動かないため受け入れる。壊《こわ》れ物を扱《あつか》うような手つきが心地よく、リリーは体の力を抜いた。

瞬間、ジークが息を呑む。命の灯火が潰《つい》えたと思ったのだろう。

愛おしそうに撫でる手が止まり、怒《いか》りと悲しみを押し殺したような声が降ってきた。

「火事に巻き込まれ二人で脱出《だっしゅつ》を試みた時、リリーはこんな気持ちだったのか?」

風が二人の間を通り抜ける。リリーの顔にかかった髪をジークが優しく払った。

「あの時、肩書《かたが》きも、地位も、なにもない俺のために悲しみ、諦めるなと鼓舞《こぶ》してくれただろう? リリーは当たり前のことをしただけだったかもしれない。だが、それが俺の心をどれほど揺さぶったか、リリーには分からないだろうな」

ぽたりと水滴《すいてき》がリリーの顔を濡《ぬ》らす。

「たまらなく嬉しかったんだ。ジークという、ただの男を、リリーは見てくれた……」

止《と》めどなく落ちてくるものは涙だろうか。

(ジーク、今あなたはどんな顔をしているの……?)

一番近くにいるというのに、リリーのために歪んだ顔すら見られない。そんな死にゆく体に胸が苦しくなる。

(ジークを抱き締めたいのに、指一本動かせない。もっと、生きていたいのに……)

「っ、なんで俺はあいつより先に、リリーに出会わなかったんだっ! 俺を一人にしないでくれ、リリー。俺の全てをかけてもいい。必ず奪《うば》いに行くから、だから……」

悲しみに満ちた声色《こわいろ》に息が詰まる。どきりと高鳴ったはずの心臓は、ついに機能しなくなってしまった。ゆっくり、ゆっくりと落ちていき、死へと沈《しず》む意識に彼の声だけが響《ひび》く。

「リリー、愛してる。すぐに迎《むか》えに行くから、待っていてくれ」

第四章

がばりと起き上がったリリーは見慣れた寝台《しんだい》にほっと息を吐《は》く。

サイドテーブルに目を向ければ、空のグラスが置かれていた。

(よかった。まだ水は入れられていない。これならメイドを現行犯で捕《つか》まえられるかもしれないわ。……今度こそ失敗しないように立ち回らないと)

時刻は夜明け前だろう。少しだけ明るくなってきた空がカーテンの隙間《すきま》から覗《のぞ》いている。

視界の端《はし》に見えた黒髪《くろかみ》に、鼻の奥がつんとした。頬《ほお》を伝った水滴《すいてき》が涙《なみだ》だと気がつくのに時間はかからなかったが、彼に悟《さと》られまいと目元を擦《こす》る。

優雅《ゆうが》にソファーへ腰掛《こしか》けるジークは、死の間際《まぎわ》の言葉通り迎《むか》えに来たらしい。

『リリー、愛してる。すぐに迎えに行くから、待っていてくれ』

言葉を思い出しただけで頭の先からつま先に至るまで真っ赤に染まってしまう。

(平常心。平常心よ)

朱《しゅ》に染まった顔を両手で隠《かく》すが、思うように熱が冷めてくれない。

呟《つぶや》かれた愛の言葉がリリーの心を優しく包み込んでいる。

（ど、どんな顔でジークを見ればいいの……？）

ちらりとジークを見るが、彼はまだリリーが起きたと気がついていないようだ。

（婚約者《こんやく》がいても奪《うば》ってしまいたいって……そこまでして私が欲《ほ》しいってことよね。ど、どうしましょう。私、私、ちっとも嫌《いや》だと感じてない）

熱烈《ねつれつ》な愛情を嫌悪《けんお》するどころか、心の中ではもっと傍《そば》にいたいと思ってしまった。

自分だけをその美しい瞳《ひとみ》に映してほしいと、浅ましくも乞《こ》うてしまいそうになる。

「どうした？　早くこっちに来ないのか？」

唐突《とうとつ》に話しかけられ、リリーは肩《かた》を大きく跳《は》ねさせた。

顔だけはなんとか取り繕《つくろ》って、心が落ち着かないままジークの元へと足を進める。今まではなんとも思わなかった行動だが、高鳴る胸にリリーは視線を俯《うつむ》かせた。

目が合ったジークは、思わず頬が緩《ゆる》んでしまったような笑《え》みを咲《さ》かせた。

たったそれだけの振る舞《ふま》いで、リリーが彼の特別なのだと思い知らされる。

引いていた熱がぶわっと燃え広がり、再びリリーの顔を火照《ほて》らせた。

「なんだ。やっと俺を意識してくれたのか？」

「やっ、ちょっ、ちょっと、見ないで……」

顔を隠そうとするが、立ち上がったジークに手を取られ隠すことができない。

意地の悪い行動に、リリーは顔を赤く染めながら彼を睨《にら》み付ける。

「そんな顔で睨んでも可愛《かわい》いだけだぞ。少しは脈があるようで安心した」

「っ、泣いて縋《すが》っていたくせに」

「なんのことだか？」

「しらばっくれないで。全部聞こえていたわよ、あなたの……その……」

威勢《いせい》よく紡《つむ》いだ言葉は最後まで発せられなかった。

しどろもどろになるリリーに、ジークは楽しそうに口角を吊《つ》り上げた。

「本気にしたか？」

「！　まさか、またからかったの⁉」

「本心に決まっているだろ。リリーを幸せにするのは俺だ。誰《だれ》にも渡《わた》さない」

摑《つか》んだ手に口づけを落とされ、リリーは体を強《こわ》ばらせた。

「すぐにでも攫《さら》ってしまいたいが、今は時間が惜《お》しい」

「そ、そうね」

手を離《はな》され、ほっと胸を撫《な》で下ろしたのもつかの間。色を含《ふく》んだアイスブルーの瞳が細められ、リリーを射貫《いぬ》く。

「全てが終わった後は覚悟《かくご》しておくんだな」

「っ⁉」

頰をなぞられたリリーが、彼の手をはたき落としたのは言うまでもない。

朝焼けが夜の闇《やみ》を追い出す頃《ころ》、灯《あか》りのない部屋の扉《とびら》が音もなく開いた。

挙動不審《ふしん》に室内を見回した一つの影《かげ》が侵入《しんにゅう》し、迷うことなく寝台へと足を進める。

手に持ったグラスを音を立てないよう小指を底にあてがい音を殺して置いた。

影が体を翻《ひるがえ》した瞬間《しゅんかん》。部屋の灯りが全て灯《とも》される。

「なっ⁉」

灰色の髪《かみ》が驚《おどろ》きに揺《ゆ》れる。真っ赤な瞳に、顎《あご》のほくろが印象的なメイドが、そこにいた。

寝《ね》たふりをしていたリリーが起き上がると、メイドの目が驚愕《きょうがく》に見開かれる。

足を組んで座ればワンピースの長いリボンが揺れた。リリーがゆったりと微笑《ほほえ》めばメイドの顔に緊張《きんちょう》が走る。

「ねぇ。ここが私の部屋だと知って水を運んだのかしら？」

「もちろんです。リリアンナ様の専属侍女《じじょ》に代わってお持ちしました」

用意された台詞《せりふ》だろう。すらすらと言葉が出てくるメイドに、リリーはそうと頷《うなず》いた。

許されたと思ったのかメイドがカーテシーを行う。綺麗《きれい》な所作で行われたそれは一朝《いっちょう》一夕《いっせき》には習得できないものだとリリーは知っていた。

歩き出した背中に、リリーは声をかける。

「ねぇ。私、この時間に一度も水を持ってきてとアメリアに頼《たの》んだことないのよ？」

動きを一瞬《いっしゅん》止めたメイドはリリーの問いに答えず逃《に》げ出した。

扉に手をかけたメイドの上に赤い影が降り、倒《たお》れ込む音とガラスの割れた音が響《ひび》く。

「逃がしませんよ」

「なんで殿下《でんか》の僕《しもべ》が邪魔《じゃま》をするのよ!! このっ裏切り者っ!!」

馬乗りになるアメリアをメイドは射殺さんばかりの形相で睨み付ける。

メイドからの視線を物ともせず、アメリアは涼《すず》しい顔で彼女を拘束《こうそく》していた。

「裏切り者、ねぇ？ 何か勘違《かんちが》いしてるようだけれど、アメリアは最初から私のよ」

「っ二重スパイ!? そんなっ……！」

メイドは悔《くや》しげに唇《くちびる》を噛《か》み締《し》め、絶望に顔を歪《ゆが》ませた。

リリーはあらかじめ用意していたスリッパを履《は》き、サイドテーブルのグラスを掴んだ。

割れたガラスをわざと踏《ふ》みしめながら、震《ふる》えるメイドへと近づく。

リリーは冷ややかな目でメイドをじっと観察しながら問う。

「あなた、これが何か知った上で私の部屋に運んだのかしら？」

喉《のど》を上下させたメイドは、意を決したように口を開いた。

「私は、それが何なのか見当もつきません」

「あらそう」

リリーはメイドの弁明にあっさりと頷いた。

きょとんとしたメイドが僅《わず》かに息をついたのを、リリーは見逃《みのが》さない。安堵《あんど》する彼女の眼前にわざとしぶきを立ててグラスを置く。彼女の口からひっと声が漏《も》れた。

「嘘《うそ》はよくないわ。ねえ、ハイド？」

「はい。使用人棟《とう》の彼女の部屋から毒の入った小瓶《こびん》が押収《おうしゅう》されました」

リリーの合図に入室したのはハイドと騎士《きし》一人、そしてジークだ。

ハイドと騎士はメイドの横に立ち、ジークはリリーの隣《となり》を陣取《じんど》った。

「なっ、どうして、騎士団長が……」

「公女《こうじょ》の殺害を企《くわだ》てたんだもの。当然でしょう？　拘束してちょうだい」

「御意《ぎょい》。努力して平民雇用《こよう》されたというのに、嘆《なげ》かわしいことです。スクレ嬢《じょう》。公女暗殺未遂《みすい》により、貴女《あなた》を捕縛《ほばく》させていただきます」

口を噤《つぐ》んだメイドにリリーはあらあらと笑った。

「往生際《おうじょうぎわ》が悪いわね。ちゃんと返事をなさい。それとも本当の名前でないから自分が呼ばれたことに気がつけないのかしら？　ねぇ、バルコ子爵令嬢《ししゃくれいじょう》？」

驚きに目を見開いたのはメイドだけではない。室内にいる全員が目を見開いていた。

「ど、どうして、私のことを……」

「貴族だと確信したのはグラスを置く所作ね。それに、王国で赤目を持つのはあなたのお母様と私だけ。でも子爵には社交界に出てこない赤目の娘《むすめ》がいると聞き及《およ》んでいるわ」

「それだけで……」

「たった一度の失敗が死に直結するのよ」

リリーの経験から出た言葉には妙《みょう》な説得力があった。

アメリアに起こされたメイドは両手に拘束具を着けられる。騎士へと引き渡された彼女が唐突に笑い出した。

「うふふ、あははは‼　まさかこの忌々《いまいま》しい血筋のせいで正体がバレるなんてね！」

「……あなた、カジノでディーラーをしていたわね？　誰の指示かしら？」

カジノのディーラーは全員仮面を付けていた。しかし、長い灰色の髪と顎のほくろを持ったディーラーは一人しかいない。仮面の奥に見えた赤目もメイドと断定できる特徴《とくちょう》だ。

「教えない！　教えてたまるもんですか！」

「……そう。ソフィアお姉様も無能な手駒《てごま》を持って哀《あわ》れだ――っ⁉」

瞬《まばた》く間もなく繰《く》り出された攻撃《こうげき》はメイドの足だ。一瞬の出来事でアメリアやハイドがリリーとメイドの間に入る隙《すき》すらない。

かかとで小さく光る仕込みナイフがリリーに迫《せま》る。

「リリアンナ様っ‼」

「まったく……油断も隙もないわね」

しかし、それがリリーに届くことはない。

金属同士がぶつかり、甲高《かんだか》い音が鳴る。

リリーは隣にいたジークの長剣《ちょうけん》を咄嗟《とっさ》に抜いてメイドの攻撃をいなした。

彼女の仕込みナイフは奥の手として仕込まれたものだろう。ただの蹴《け》りに見せかけて繰り出されたそれは手慣れた者の動きだ。

長剣に力を入れ、メイドの体勢を崩《くず》す。倒れ込んだ彼女の喉元《のどもと》に剣先《けんさき》を突《つ》きつけた。

「動いたら斬《き》るわよ」

打つ手のなくなったメイドは苦虫を噛み潰《つぶ》したような顔をしてリリーを睨む。両足も拘束され、抵抗《ていこう》は諦《あきら》めたようだ。しかし、彼女はまた笑い始めてしまい、奇矯《ききょう》な振る舞いにリリーは眉間《みけん》に手を当てた。

「……連れて行って」

騎士が甲高い笑い声を立てるメイドを連行していく。扉が閉まり足音が遠くなるが、まだメイドの笑い声が反響《はんきょう》している。

「アメリア。あなたは殿下の従僕《じゅうぼく》を監視《かんし》してちょうだい。まだ城内にいるはずよ」

「かしこまりました。行ってまいります」

アメリアが退出し、リリーはハイドへと目を向ける。

すると眉《まゆ》を下げたハイドがうやうやしく頭を下げた。

「リリアンナ様。貴女様の慧眼《けいがん》は本物です。どうぞなんなりとお申し付けください」

「それじゃあ早速《さっそく》協力してもらうわ」

まずは、とリリーが切り出す前にハイドが力強い目で頷いた。

「心しております。貴女様のお心を痛める火災は必ずや我ら騎士団が止めてみせます」

「ええ。お願いね。あ、そうそう。殿下がラングレー令嬢《れいじょう》と喫茶王冠《きっさおうかん》に行くみたいなの。執務《しつむ》を放置して遊ぶのはいつものことだけれど、何かあったらいけないと思うのよ」

「承知しました。では殿下に気がつかれないよう護衛を付けておきます。では、私もこれにて御前《ごぜん》を失礼いたします」

ハイドが退出し、リリーはほっと肩の力を抜いた。

（ハイドの協力がなければ騎士団は動かせないもの。上手《うま》くいってよかったわ）

胸を撫で下ろしたのもつかの間で、少し不機嫌《ふきげん》そうな声がリリーへと向けられる。

「おい」

複雑そうな顔をしたジークに、持ったままだった長剣をひょいと取り上げられた。

長剣を鞘《さや》に戻《もど》したジークにリリーは笑いかける。

「あ、ジーク。ありがとう」

「リリーが戦えるのは知ってるが、こういうときは男に花を持たせてくれ」

「自分でできることは自分でやるわ」

「頼もしいが、心臓に悪いことはよしてくれ。可愛い顔に傷ができるところだった」

するりと顎をなぞられ、リリーの羞恥《しゅうち》に火がついてしまう。

ジークから逃《のが》れようと後退《あとずさ》ったリリーだったが、彼の手に捕まえられてしまった。

腰《こし》を引き寄せられ、ジークとの距離《きょり》が元に戻る。

「こら、逃げるな」

「だ、だって、その顔を見ると落ち着かないんだもの……」

「それは俺を好意的に思っていると言っているのか？」

「なっ、からかわないで！　もうっ。まだ解決したわけじゃないのよ」

わざとらしく口角を吊り上げるジークにほだされてしまいそうだ。

「くくっ。可愛いな。もちろん分かってる。俺はちゃんと待てができる男だからな」

「なら解決するまでそのまま待てをしていて」

揺らぎそうな心を理性で押しとどめる。

「ふっ。だが、今はメイドの捕縛が上手くいったことを喜ぶべきじゃないか？」

「そうね。……私が死なずに今日を終えれば巻《ま》き戻ることはなくなるかしら」

リリーはジークの右耳を彩《いろど》るピアスに触《ふ》れ、絹糸のような黒髪を払《はら》う。

アレキサンドライトの奥には、いまだにクロノス神の紋様《もんよう》が浮《う》かんでいた。

（私の幸せ……か）

無意識に自分の耳を弄《いじ》るように触っていたのだろう。戸惑《とまど》った声が降ってきた。

「っ、リリー。そろそろ離してくれ」

僅かに上擦《うわず》った声に我に返ると、艶《つや》やかなジークが目に飛び込んできた。

ほんのり赤くなった頬が色気を増幅《ぞうふく》させており、なまめかしい雰囲気《ふんいき》をまとっている。

「ひゃっ、ご、ごめんなさい」

「いや……もっと触れてほしいと思うが、流石《さすが》にまずいだろ」

「そ、そうね！」

ふうと小さく息を吐いたジークは普段《ふだん》の調子を取り戻したのかにやりと笑う。

「早朝といい、今といい、リリーはたまに大胆《だいたん》で驚かされる」

ジークに意味ありげな視線を投げられ、リリーは困惑《こんわく》を隠せない。

（私、何かジークにしたかしら……？）

数刻前。

「リリアンナ様もご存知の通り、二重底の下に隠されていた手紙と書類をお持ちしました。こちらはラングレー領に関わる書類と、誘拐《ゆうかい》事件の嘆願《たんがん》書です」

ローテーブルに手紙と書類の束が置かれた。リリーは椅子《いす》に腰掛けたままアメリアの報告に耳を傾《かたむ》ける。リリーの宝石二つで買収に成功したアメリアはとても頼もしい。

ジークがリリーの部屋にいても驚かず、淡々《たんたん》と仕事をこなしてくれている。

「帰ってきて早々で申し訳ないのだけれど、騎士団長を呼んできてくれるかしら？」

「かしこまりました」

文句一つ口にせず頭を下げたアメリアが退室する。

隣のソファーに腰掛けていたジークが何の躊躇《ためら》いもなく手紙を取り出した。

「少しは躊躇ったらどうなの……？」

「そんなの時間の無駄《むだ》だろ。持ってこさせたってことは、あの時喚《わめ》いていた怪文書《かいぶんしょ》か」

「そうよ。前々回はただの恋文《こいぶみ》だと思って放置してしまったの。でもこれが暗号文書なら、同じように隠されていた書類にも意味があるんじゃないかって」

「ラングレー領に関する書類ね。鉱山を持つ領だからな。贋金《にせがね》の材料はそこからか」

「ええ。ラングレー令嬢がまだ資材はあると言っていたし、きっとそうね」

顔を見合わせリリーが頷いて見せれば、ジークは楽しげに嘲笑《ちょうしょう》した。

「リリーの姉は皇帝に取り入るため、リリーに冤罪《えんざい》をかけようとしてるんだろ？　皇帝はそんなあくどいことを考える女を選ぶと思われているのか、笑えるな」

「もう。そんなこと後でいいじゃない。今は暗号を解かないと」

早朝の室内は薄暗《うすぐら》く、蝋燭《ろうそく》に近づけないと手紙も読めない。

（そういえば殿下の机にも蝋燭があったわね）

照らした便箋の不自然に空いた文字と文字の間から、文字が浮かび上がってきた。

「！　これは、すかし……？」

「なるほど。重なった文字を読むのか。ふっ、ご丁寧《ていねい》にフェイクの文字も入れてるな」

ジークの言葉通り便箋《びんせん》を重ねれば、同じ所に同一文字がある所とそうでない所があった。

彼はリリーの手元を覗き込み、重なった文字をメモへ書き出す。

（綺麗な字ね。癖《くせ》もないなんて珍《めずら》しいわ）

場違いなことを考えていると、ジークの手が止まった。

「新皇帝は切れ者。油断大敵、ねぇ。当たりだな」

他の手紙を取り出し、同じように文字を書き出していく。

「ええ。……決定的なことは一切《いっさい》書かれていないわね。殿下をそそのかす文面ばかりだわ」

「万が一、文通がバレたとしても恋文だと誤魔化せるしな」

「それだけじゃないわ。このレターセットは私が愛用しているものだから、宛名《あてな》のないこれは私が差出人だと判断されるでしょうね。もっと決定的な証拠《しょうこ》があれば……」

「はっ。どうしてもリリーが邪魔ってことか。どうする？」

首を傾《かし》げたジークに、リリーは彼の真似《まね》をしてにやりと笑みを浮かべた。

「証拠がなければ、作ればいいのよ」

「……は？」

タイミングよくノック音が響き、アメリアが騎士団長を連れ入ってくる。

「騎士団長をお連れしました」

「ありがとう」

入室したハイドはジークとリリーを見比べて驚いているようだった。それもそのはずで、未婚《みこん》の淑女《しゅくじょ》の部屋に男性がいることはよしとされない。当たり前の反応だ。

アメリアがリリーの隣へと進んだのに対し、ハイドはリリーの斜《なな》め前に直立する。

「彼は協力者なの。気にしないでちょうだい」

「……。分かりました。では早速お話をお聞かせいただきたく存じます」

厳しい視線に晒《さら》され、リリーは背筋を伸《の》ばす。

（ハイドの協力は必要不可欠よ。失敗は許されない）

心を落ち着けてからリリーは口を開いた。

「あなた、独自で殿下について調査をしているでしょう？」

眼鏡の奥で僅かに見開かれた目を前に、ゆったりと笑う。

そうすれば相手が都合良く解釈《かいしゃく》してくれると、リリーは知っていた。

「まさか侍女が従僕に近づいていたのは……」

独りごちるハイドを無視し、リリーは笑顔《えがお》を張《は》り付けたまま言葉を続ける。

「あなたの耳に入れたい情報があってここまで来てもらったの。これを見てちょうだい」

ローテーブルに広げたままの手紙を一通ハイドに差し出す。

手紙を受け取ったハイドは、宛名を確認《かくにん》するが未記名の封筒《ふうとう》に眉を寄せた。その表情のまま便箋を取り出し、バラの匂《にお》いにますます顔をしかめながらも目を通し始める。

便箋を閉じると同時に、ハイドの口から大きなため息が押し出された。

「こちらはリリアンナ様のものではないのですか？」

「同じレターセットだからって安直ね。違うわよ。私は便箋に香水《こうすい》をかけたりしないわ」

ハイドの疑いの眼差《まなざ》しにリリーは肩をすくめながら、先ほど解読した暗号を口にする。

「その手紙の本当の内容は『例のものはカジノ』よ」

「ッ⁉」

「心当たりがあるようね。そのカジノでソフィアお姉様と殿下、そしてラングレー令嬢が悪さをしているの。それも外交問題に発展するような、ね」

「それは……？」

目を伏《ふ》せ、頬に手を当ててこれ見よがしにため息をつく。

「今、私が教えられるのは、証拠となるカジノが今日焼かれるということだけよ」

「……そう簡単に信じられるとでも？」

「あら？　カジノで火災が起きれば、全てが消し炭になるわよ。それでもいいのかしら」

「私とリリアンナ様に信頼《しんらい》関係はありません。二つ返事で信じることなど不可能です。その上、私は第一公女殿下を存じ上げませんので、その手紙が貴女様のものでないと確証も得られません。これでどう信用しろとおっしゃるのですか？」

疑いを隠しもしないハイドに、リリーは臆《おく》することなく強気に笑う。

「情報の信憑《しんぴょう》性は大事よね。ならこうしましょう。アメリア」

隣に控《ひか》えているアメリアへ声をかければ、なんでしょうと首を傾げられた。

「今日私は部屋を出ずに、騎士団長を呼んでと頼んだだけよね？」

「はい。おっしゃる通りです」

「自作自演を疑われても困るものね。それを踏まえて、ハイド。これからこの部屋にメイドがやってくるわ。彼女は私に毒を盛りにくるの」

目を丸くしたハイドに構わずリリーは言葉を続ける。

「彼女の部屋から証拠が出てくるはずよ。予備の毒瓶《びん》が」

驚きで言葉も出ないハイドを見つめた。

(ディーラーとメイドが同一人物なら、自害用の毒を持っているはずだわ)

密会現場でソフィアが『メイドが手を打っている』と言っていた。それは、リリー毒殺のことだろう。

（ソフィアお姉様の手駒だと、捕《と》らえて証言させればいいのだもの）

驚きから返ってきたのか、ハイドはゆっくりと口を開いた。

「自分が殺されるかもしれないと知っていながら、なぜそうも……」

「こんな私を守ろうとしてくれる人がいるから頑張《がんば》れるのよ。その人がいたから私は今、ここにいるの。だから、その人に報《むく》いるためにもこの事件を解決したい」

隣でジークの笑った気配がしたが、リリーはハイドから目を逸《そ》らさずに告げる。

「使えるものは全て使うわ。だからメイドが毒を盛りに来たら協力してくれるかしら？」

「……分かりました」

そうして渋々《しぶしぶ》ながらも頷いたハイドとリリーは約束を交《か》わしたのだった。


「リリーを守ろうとする人間は俺ぐらいだろ。ほんと大胆な告白だった」

しみじみと頷くジークを無視し、リリーはバルコニーへと足を進める。

「べ、べつに告白じゃないわ。私は城下に行くわよ」

「次は何をするつもりだ？」

「誘拐事件の被害《ひがい》者を助けに行くのよ」

「あぁ。俺とリリーが出会った時に見たあれか」

甲冑《かっちゅう》男が女性を誘拐する現場に居合わせ、捕まえようと追った結果カジノを発見した。

「そうよ。あの時は黒服にはぐらかされたけれど、誘拐された人はあの中にいたはずよ」

「そうだな。あの時は逃げられたが、起こると分かっていれば」

「ええ。あの女性の代わりに私が囮《おとり》になるわ」

「却下《きゃっか》だ」

後ろから聞こえた声があまりにも近く、リリーは一瞬動きを止めた。その僅かな隙にジークがリリーを後ろから追い詰《つ》めた。黒髪が耳をくすぐり、身を固くしてしまう。

「それを俺が許すとでも？」

冷ややかな声だが、明らかに心配の色が滲《にじ》んでいる。

「現行犯で捕らえるのなら私が適任でしょう？　ちゃんと短剣《たんけん》を忍《しの》ばせていくわ」

リリーは自身の太もも辺りを叩《たた》く。着替《きが》えた際、ワンピースの下に短剣を忍ばせたのだ。

「だが……」

「何かあってもジークが助けてくれるんでしょう？　なら大丈夫《だいじょうぶ》じゃない」

「はー。……わかった」

「！　ありがとう。頼《たよ》りにしているわ」

肩口《かたぐち》に顔を埋《う》め、ジークはうなだれた。

「このままだと俺はリリーの願いを何でも叶《かな》えてしまいそうだ。好いた女に頼られて断れるはずがない」

「なに冗談《じょうだん》言っているの？　ほら、行くわよ」

リリーはジークの拘束をすり抜け、バルコニーへとよじ登る。

「またそこから飛び降りるつもりか？」

「なによ、悪い？」

リリーに続きバルコニーへと出てきたジークが呆《あき》れたように肩をすくめた。

「俺が先に降りる。リリーは俺の後から飛び降りろよ。受け止めてやる」

「私は一人でも大丈夫よ」

「絶対俺の後から来い。わかったな？」

「……わかったわ」

ジークの押しに負けたリリーは納得《なっとく》のいかない顔を隠さずに頷いた。

返事を聞きジークは躊躇いもなくバルコニーから飛び降りる。

リリーのように木を緩衝《かんしょう》材として使わずに着地をした。その見事な体幹にリリーの口からほぅと感嘆《かんたん》が漏れる。

体勢を立て直したジークが両手を広げ、リリーを呼ぶ。

「ほら、来いよ」

太陽に照らされたジークの姿にどきりと心臓が跳ねたが、知らぬフリをしてリリーは彼の胸に飛び込んだ。勢いよく飛び込んだというのに彼は体勢一つ崩さない。

それどころか楽しげな声を上げるジークに、リリーは舌を巻いた。

下に降ろされたリリーはジークに手を引かれて城門へと向かう。

しっかりと握《にぎ》られた手から彼の体温が伝わり、リリーは顔が火照ってしまいそうだ。

どちらからともなく絡《から》んだ指がほどかれることはなく、城下に着くまで心地《ここち》のよい無言の時間が続いた。


「……頼りにしているとは言ったけど、まさか瞬殺《しゅんさつ》するなんて」

路地裏の地面に這《は》いつくばる甲冑男を見下ろしてリリーは呆れた声を上げる。

狙《ねら》われる予定の女性を早々に逃がし、思惑《おもわく》通りリリーは甲冑男に誘拐されそうになった。

だがリリーに甲冑男の手が触れそうになった瞬間、ジークが昏倒《こんとう》させたのだ。

「リリーに期待されたからな。つい力が入りすぎた」

「入りすぎでしょ。ちゃんと生きているわよね？」

「流石に殺しはしないさ」

「よかった。それじゃカジノに連れて行きましょうか」

甲冑男に触ろうとしたリリーの手をジークが止めた。

「俺が連れて行く。リリーの手が汚《けが》れるだろ。行くぞ」

そう言って甲冑男を担《かつ》いだジークはカジノへと足を進める。リリーは少し緩んだ顔を隠さず彼の後に続く。

騎士団が取り囲むカジノの前で、ハイドに見つかった。

「リリアンナ様！　なぜこのような場所に⁉」

ハイドが驚異《きょうい》に目を見開きながら、騎士達の中から出てきた。

「少し気になることがあって。あなたに連絡《れんらく》を入れるより、私が来た方が早いもの」

「それでも、貴女がここに来られるよりずっといい！　貴女様はこの国の王妃《おうひ》になられるお方なのですよ⁉　もう少し自覚を持っていただきたい」

説教から逃れるため、リリーは苦笑《くしょう》しながら視線を甲冑男へと落とした。

「まぁまぁ。それで、この男なのだけれど、さっき女性を連れ去ろうとしていたの」

自分が囮となったとは口が裂《さ》けても言えない。ジークからの視線が背中に刺さる。

「‼　誘拐犯ですか‼　やっと尻尾《しっぽ》を出したのですね」

「そうよ。この甲冑男はカジノへ連れて行こうとしていたわ」

リリーの言葉を聞き、ハイドが息を呑《の》んだ。

「やはり、ここに繋《つな》がるのですね。では突入《とつにゅう》を早めます」

「私とジークも行くわ」

「なりません。我々騎士団にお任せください。誰かに王城までお送りさせます」

「嫌よ。私がこの目で確かめなければならないの。お願い」

決意に満ちた赤い瞳に見つめられたハイドは、大きくため息をつき承諾《しょうだく》した。

「……分かりました」

「ありがとう。騎士団の邪魔はしないわ」

「いえ。やはり今は騎士団と共におられた方が安全かと思っただけです」

素直《すなお》ではないハイドが甲冑男をジークから受け取り、騎士達に指示を出す。

甲冑男が拘束される間、リリーは視線を感じながらも騎士達の動きを観察する。

彼らの一糸乱れぬ動きは日々の訓練の賜物《たまもの》だろう。騎士全員が付けているわけではないが、所々で赤い飾り房《かざふさ》が動きに合わせ跳ねていた。

甲冑男の捕縛が完了《かんりょう》し、ハイドだけがリリーの元へ戻ってきた。

「リリアンナ様。準備が整いました」

「いつでも突入していいわよ」

「御意に」

そう言って、ハイドが片膝《かたひざ》をつき、恭《うやうや》しく頭を下げる。

堅物《かたぶつ》騎士団長と有名なハイドが、リリーに頭を下げたと、騎士達がいっそうざわめいた。

(仰々《ぎょうぎょう》しすぎるわ。目が落ちそうなほど驚かれているじゃない)

頭を抱《かか》えたくなりながらも、リリーはそれを悟られないよう笑みを浮かべる。

「頼りにしているわ」

「ありがたきお言葉。では私はこれで失礼いたします」

ハイドはリリーの言葉に頷いて、騎士達に突入の合図を出す。

突入する騎士達を眺《なが》めていると、ジークがあざ笑うように口角を吊り上げた。

「そうこう言っているうちに、熱い視線が送られてるぞ。リリー」

身を焼かれるような視線をジークも感じたのだろう。

喫茶王冠《テラコッタ》を見上げれば、くすんだ黄の強めの赤色の瞳が、こちらを睨んでいた。

「ソフィアお姉様」

「何度見ても姉妹《しまい》だとは到底《とうてい》思えないな」

「マルベリー色の髪は珍しいものね」

「それもそうだが、リリーの髪色と正反対だな。見た目だけでなく性格的にも」

あっけらかんと言ってのけるジークに少しだけ胸が痛んだ。

(ジークが私以外に目を向けているの、なんだか嫌だわ)

痛む胸を見ないフリをしてリリーは騎士が出入りするカジノへと足を向ける。

「従業員が検挙されている間に、私達は地下に行ってみましょう」

「あぁ。鬼《おに》が出るか蛇《じゃ》が出るか、ってな」

騎士団が突入したカジノへリリー達は足を踏み入れた。

段差のある入り口を通り、奥へと進む。甘ったるい匂いの充満《じゅうまん》するカジノは、二階に上がる階段があるだけで、どこに地下への入り口があるのか見当もつかない。

捕縛されていく客と従業員を横目に、リリーとジークは堂々と室内を闊歩《かっぽ》する。

リリーの視界の隅《すみ》でアメリアが捕縛されるのが見えた。

大人しく縄で両手を縛《しば》られたアメリアはなぜかひっきりなしに手首を触っている。

(どうしてアメリアがここに……？　殿下の従僕の監視につけたはず)

ひやりと足下《あしもと》から何かが這い上がってくるような感覚がリリーを襲《おそ》った。

(なにか、なにか見落としているのよ)

リリーはきゅっと唇を結び考える。

(アメリアは意味のない行動をしない。なら手首に関係するなにかがあるのね)

従業員や客が青い顔で部屋の片隅《かたすみ》で俯く中、捕縛されたアメリアだけがリリーをじっと見つめている。

難しい顔をするリリーをジークが心配そうに覗き込んだ。

「どうした？　従僕を追った侍女がいたのが不安か？」

「なんだか大事なものを見逃している気がして……」

「あの侍女が大人しく捕まるとは思えない。むしろリリーに気がついてもらうために、自ら捕縛されに行ったようにも見えたが……」

不審な点なんてと考えたリリーだったが、はっと顔を上げた。

（殿下の従僕……‼）

捕縛された人々の顔を見渡《みわた》す。どこかにスペンツァーの従僕もいるはずだ。にもかかわらず、どれだけ目を凝《こ》らしてもその姿は見つけられなかった。代わりに見つけられたのはレヴェリーだけだ。彼はのんきに縛られた手をひらひらと振っている。

「従僕がいないわ！　どこか——っ⁉」

後ろから勢いよく走る音が響く。

「このクソアマがぁあああああ‼‼‼」

「リリー‼」

驚き、振り向いた瞬間。リリーは黒色に引き寄せられる。

揺れるマントの隙間から見たのは、悪魔《あくま》に取り憑《つ》かれたような従僕の顔だった。

「ジークっ‼」

「ぐっ」

リリーを抱《だ》き留めたジークの顔が歪む。リリーを庇《かば》い、剣《けん》を抜くのが一足遅《おそ》かった。

ポタポタと床《ゆか》に落ちる赤にリリーは目を見張る。ジークの男らしい匂いと鉄のような匂いが混じり合い、くらくらしてしまう。

「ちょっと！　離して!!」

「うるさい。黙《だま》って守られていろ」

離れようと藻掻《もが》くリリーをしっかりと抱き締めて、ジークが剣を振るった。

「ぎゃッ!?」

従僕の悲鳴とともに血しぶきが床に広がる。

「浅はかだな」

従僕の黒服がより黒く染まっていく。金の腕《うで》時計はいつも通り着けていたが、よく着用していた白い手袋《てぶくろ》をしていなかった。彼の爪《つめ》はなぜか真っ黒に染められている。

(手袋は爪を隠すためだったのね。爪を真っ黒に塗《ぬ》るのは……グアルディア!?)

リリーは疑問を放置してジークを見るが、ジークの視線は従僕を捉《とら》えていた。

血振りをした剣を鞘へ戻し、血も凍《こお》り付きそうな冷たい目でジークは従僕を見下ろす。

「何をしている。処置をして抜け出せないよう見張りに騎士一人付けておけ」

静まり返ったカジノにジークの凛《りん》とした声が響く。命令し慣れた口調や態度に、騎士達は思わず体が動いたのか、彼の命令に従う。

(有無《うむ》を言わせない迫力《はくりょく》。やっぱりジークは貴族の中でも地位の高い……いいえ。今は

彼の素性《すじょう》よりも大切なことがあるわ）

慌《あわ》ただしく動く騎士達を眺めていると、ジークが体重をかけてきた。

「ちょっと、なに……っジーク⁉」

ジークはぐらりとリリーを巻き込んで崩れ落ちる。

押し倒される形になったリリーだったが、床にぶつかる寸前ジークに守られた。

意識を失う直前までリリーを気遣《きづか》ったジークの腕から抜け出し、彼の顔を見た。

「ジ、ジーク……？」

ジークは真っ青を通り越《こ》して青白い顔をしていた。今にも死んでしまいそうな顔で固く目を閉じ、額には汗《あせ》が滲んでいる。

（何が……大量の血が失われたわけじゃないのに、どうして）

リリーの元へ駆《か》けつけたハイドが慌てた様子で叫《さけ》ぶ。

「どうされたのですか⁉」

「ジークが……」

リリーの声を遮《さえぎ》るように騎士の叫び声が聞こえた。

叫び声の中心で、従僕が口から血を流して倒れている。

（え？　自害した……？　あのグアルディアが？　もしかして戦闘《せんとう》にも……）

ぐるぐると回る思考でリリーは光を摑んだ。

「っ、毒!!」

ジークの腕を露出《ろしゅつ》させるため、袖口《そでぐち》を捲《ま》くる。

「持ち物の中に解毒剤《げどくざい》があるかもしれないわ！　可能性は低いけれど探して!!」

「承知しました！　聞いていましたね!?　探しなさい！」

解毒剤を探している間にやらなければいけないことがある。

ジークの命を繋ぐため、リリーは揺れる邪魔なミルキーホワイトの髪を結《ゆ》い上げた。ワンピースのリボンを外し、彼の腕を縛る。

（毒を受けた時にやることは、患部《かんぶ》を縛ること、そして……）

かすり傷だというのにいまだに塞《ふさ》がっていない傷口に、リリーは唇を寄せた。

血とともに毒を吸い出すためだ。血を吸っては床に吐き出すという作業を繰り返す。

（今度は私が、あなたを死なせないわ――!!）

五分程度だったかもしれないし、十分、もしくは一分程度だったかもしれない。しかし、感覚的にはぞっとするほどの長い時間だった。

ジークの体内を巡《めぐ》る毒をどれだけ取り除けたのかは分からない。

一心不乱に毒を吸い出すリリーに声がかかる。

「リリアンナ様！　こちらを！」

ハイドが解毒薬を見つけたようで、小瓶がリリーへと手渡される。

リリーが安堵した瞬間。リリーの視界に褐色《かっしょく》が現れた。

「お嬢さん。ちょっといいかい？」

顔を上げれば、感情の読めない茶色の瞳がリリーを覗き込んでいた。表情はにっこりと笑っているのに、悪寒《おかん》すら感じる。

そもそも捕縛されているはずの彼がリリーの隣にしゃがんでいること自体おかしい。

「っ、リリアンナ様、お下がりください！」

ハイドが割って入ろうとするが、リリーはそれを制止する。

「大丈夫よ。彼はジークの仲間だから」

「へぇ。ぼくのこと話したんだね、ジークは」

興味深そうにチョコレートのような目が細められる。

「まぁお嬢さんはジークのいい人みたいだし……今はいいか」

「？」

「リリアンナ様」

心配そうに声をかけてきたハイドに、リリーはお願いをする。

「この建物の中に地下へと続く階段があるはずよ。探してくれる？」

「承知しました」

頭を下げたハイドが地下を探しに行く。黙って見ていたレヴェリーが口を開いた。

「それでなんだけど、それは飲ましちゃいけないんだ。毒の回りを早める薬だからね。本物はこっち。これで毒を中和させるんだ」

レヴェリーが懐《ふところ》から取り出したのは液体の入った小瓶だ。

「中身が紫《むらさき》なのだけれど……。本当にこれは解毒剤、なのよね？　流石に人間の飲める色ではないと思うわ」

「あーもう。疑心暗鬼《ぎしんあんき》だねぇ。それっ」

蓋《ふた》を開けたかと思うとレヴェリーは一思いにジークの口に注いだ。

「へ？　あぁぁぁあ⁉」

むせることなく飲み込んだジークと表情の読めないレヴェリーを、リリーは信じられないと交互《こうご》に見る。

「大丈夫だよ。ジークはこの程度で死なないから」

「そうは言っても、流石にあれは……」

「くっ。リリーは本当、見ていて飽《あ》きないな」

リリーに伸びてきた手がゆっくりと頬をなぞった。

「っ、ジーク」

「あぁ。生きてるよ」

「あなたねぇ！　私がどれだけっ‼」

　顔色が血の通う人間と言えるまで戻ったジークが笑う。

　解毒剤の即効性《そっこう》に驚きつつも、リリーは腕を振り上げジークの胸を叩いた。

　少しだけ視界が滲む気がするが、きっと気のせいだ。

「大丈夫だ。毒はもう消えた。だろ、レヴェリー」

「うん、そうだねぇ」

「っ、そういう問題じゃっ」

　床に滲む吸い出した彼の血よりも、むしろ、リリーの近くでポタポタと落ちる水滴が多くのシミを作っている。

「すまない。泣かせるつもりはなかったんだ」

「泣いてなんかいないわ」

「いや、泣いてるだろ」

「泣いてない！」

　ジークの優《やさ》しい手つきで目尻《めじり》を拭《ぬぐ》われるが、リリーは虚勢《きょせい》を張った。

　そんなリリーに、ジークはやれやれといった顔で眉を下げる。

「素直じゃないな」

「素直じゃなくて結構。……でも、心臓に悪いことは二度としないで」

　返事がないことを不思議に思ったリリーがジークを見る。よほどリリーの言葉が意外だったのか、ジークは虚《きょ》を突かれた顔をしていた。

言葉を発しないジークをよそにリリーは言葉を続ける。

「庇わなくてもよかったのに……」

うつむきがちに呟いた言葉はジークとレヴェリーにしか聞こえていないだろう。

自分一人の力では前へ進めない不甲斐《ふがい》なさにリリーは唇を噛んだ。

(ジークと出会わなければ、私は贋金にすら気づかなかった)

握りしめたジークのマントをよく見れば、穴が開いてしまっていた。

ぽっかりと開いたそれはリリーの心のようだ。

(ジークがいなくなるなんて、絶対に嫌。考えただけでどうにかなってしまいそう。そっか、あの時のジークはこんな気持ちだったのね)

ジークに看取《みと》られて生を終えたあの時。ジークは今のリリーと同じ気持ちだったのだろう。胸に穴が空いたような虚無《きょむ》感を一度でも覚えてしまったら、戻れなくなりそうだ。

しかし、ジークはそんなことを微塵《みじん》も感じさせず、いつも通り笑っている。

それがとても嬉《うれ》しくて、悲しい。

「私は死んでも問題ないわ。でも、ジークには死んでほしくないの」

「滅多《めった》なことを言うな。俺が勝手にしたことだ。負い目に感じる必要はない」

「……どうしてジークはいつもそうやって私を甘やかそうとするの？」

「もう知っているくせに、それを俺に聞くのか？」

死に際《ぎわ》に聞いた「愛している」という言葉が、リリーの体を駆け巡る。と同時に体を巡る血が沸騰《ふっとう》したように熱くなった。

「どうした？」

「な、何でもないわ！」

「くくっ。そうか。あ、それと先のグアルディアなんだが……。あれは偽物《にせもの》だろう」

「そうそう、よくいる偽物～。困っちゃうよねぇ」

ジークとレヴェリーの言葉の意味が一瞬理解できず、リリーは固まってしまう。

次に出てきたのは素《す》っ頓狂《とんきょう》な言葉だった。

「……へ？」

「暗殺者が殺気を隠さず向かってくるか？　よくいるんだよ。グアルディアを騙《かた》る輩《やから》が」

「うんうん。あ、じゃあ改めて。初めまして、お嬢さん。俺はレヴェリー。よろしくね」

「よ、よろしく……？　でも偽物ってどうして分かるの……？」

もっともな疑問のはずだが、レヴェリーはきょとんと目を丸くした。

「ぼくが言うんだからアレは偽物。間違《まち》いないよ。毒も笑っちゃうほどお粗末《そまつ》だったし」

「あぁ。グアルディアの使う毒は入手自体できないはずだ。本物であれば掠ったただけで傷口から痛みが広がっていく。俺が食らったのは即効性の毒とは全く別物だな」

「まるで体験したように語るのね。グアルディアに狙われたことがあるのなら、今私の目の前にいるジークは生身の人間ではないんじゃない？」

「ふはっ！　違いない！」

疑いの眼差しを向けるが、ジークは肩を揺らして笑うだけだ。リリーを元気づけるための彼なりの冗談だったのだろう。

「それだけ元気なら心配いらないわね」

「あぁ。俺もちゃんとついて行くから安心しろ」

「ジーク。それ、ぼくとしてはちょっといただけないなぁ。まだ……」

「レヴェリー。余計なことを言うな」

呆れた顔をしたレヴェリーの手を借りてジークが立ち上がる。

「仕方ないなぁ。じゃあお嬢さん。ジークを頼んだよ」

「え？」

「リリアンナ様」

不意にハイドに声をかけられる。リリーが彼に気を取られた時にはもう、レヴェリーの姿はなくなっていた。

リリーは首を傾げつつも、ハイドに目を向ける。

「地下が見つかった？」

「はい。こちらです」

ハイドに案内されたのは、階段裏の従業員用の部屋だ。

今は階段を塞ぐ床が外されているが、塞がれていたままだと気がつかないだろう。

（……ここは確か、一度目にも気になった所だわ。ここに地下があったのね）

リリーの後ろにいるジークも納得した顔をしている。

「ありがとう。じゃあ行きましょうか」

「いえ、リリアンナ様はこちらでお待ちください。我々が調査してまいります」

「駄目《だめ》よ。私が行くわ。それにあなたがいなくなったら誰が指揮をとるのよ」

周りを見渡せば、休む暇《ひま》もなく騎士達が駆け回っている。リリーと話している今もハイドの指示を仰《あお》ごうと後ろに列ができてしまっていた。

「ですが……」

「俺がついていくから心配いらない。これは帝国《ていこく》の問題でもあるからな」

ジークの言葉にハイドはしぶしぶ頷く。

「落ち着きしだい私も参ります。リリアンナ様。こちらをお持ちください」

その言葉とともに渡されたランタンと長剣をリリーは受け取った。

一礼をして指示を出しに戻ったハイドを見送り、リリーはジークへと目を向ける。

「さて、いよいよ大詰《おおづ》めって感じね」

「だな。覚悟は？」

「今それ聞くの？　もちろん大丈夫よ。行きましょうか」

リリーとジークは強気に笑い合って地下へと降りていく。

薄暗くひんやりとしているのは階段が石造りだからだろう。

二人の足音が響く中、光に照らされた蜘蛛《くも》の巣《す》が足下で光った。

「手入れが行き届いてるな」

蜘蛛の巣を見たとは思えない言葉をジークは発した。どうやら階段の隅に埃《ほこり》が一つも落ちていないと気がついたようだ。

「ええ。蜘蛛の巣はわざと残しているみたい。あとこれも人の手が入っている証拠ね」

リリーは壁《かべ》に目を向ける。そこには凹《へこ》みがあり、使いかけの蝋燭が置かれていた。

後から来るハイドのためにランタンの火を蝋燭に移しながら進む。

「詰めが甘いのか、見つからないと高を括《くく》っていたのか……。止まれ」

階段を降りきる寸前、ジークの腕で引き留められた。

口元に人差し指を当てた彼は目だけでリリーの視線を誘導《ゆうどう》する。

視線の先には古めかしい木製の扉があった。両の扉に通された重厚《じゅうこう》な閂《かんぬき》が異質な雰囲気を漂《ただよ》わせている。

（見張りが二人……。甲冑男と全く同じ装備だわ）

ジークが視線だけで「待ってろ」と告げる。

見張りの前に躍《おど》り出たジークは、瞬《また》く間に見張りの意識を刈《か》り取った。

「行くぞ」

「あなた、さっき毒を食らったとは思えない動きをするわね……」

「毒には慣れてるって言っただろ？　ほら、開けるぞ」

厳重にかけられた閂にジークが手をかける。

「外側に閂だなんて、嫌な予感しかしないのだけど」

初めて巻き戻った際にカジノへと連れ去られた女性が、リリーの脳裏《のうり》を支配した。

薄《うす》ら寒いような奇妙《きみょう》な焦燥《しょうそう》感に包まれる。嫌な予感に冷《ひ》や汗がリリーの頬を伝った。

「……誘拐事件は、非力な女性や子どもが狙われていたわ」

「あぁ。誘拐犯と同じ甲冑だ。十中八九そうだろ」

冷たい床に倒れ伏した見張りを見下ろしながらジークが吐き捨てた。

「嫌な予感ほど当たるものね」

「そうだな。……開けるぞ」

「ええ。いつでもいいわよ」

リリーは手に持っていたランタンを床へ置き、ハイドから受け取った長剣を持ち直す。

閂を外したジークが扉を開け放った。長年油を差していないような大きな音が響く。

薄暗かった階段とは一変。扉の向こうはまばゆいほどの灯りが点《つ》けられていた。機械が並んだ何の変哲《へんてつ》もない工場だ。怯《おび》えた作業員達と監視役のような男達がいることを除けば。

「なんだお前ら!!」

監視役からの怒号《どごう》とともにリリーとジークは扉の向こうに飛び込んだ。

予期せぬ奇襲《きしゅう》に、敵のほとんどが驚くことも忘れ放心状態に陥《おちい》っている。

敵を観察すれば、彼らには共通点があった。

(全員同じ服装。それにあの飾り房……。私が初めて死んだ時見たものと同じだわ)

敵へ目を滑《すべ》らせれば、あの時、盗賊《とうぞく》としてリリーの命を奪った男達がいた。

(こんな所で雪辱《せつじょく》を晴らせるなんてね!)

リリーは鞘のまま斬撃《ざんげき》を繰り出し、隙だらけの男達をなぎ倒していく。

ジークも同様に剣を振るう。すると敵はなす術もなく倒れていった。

彼に続こうとした瞬間。殺気を肌《はだ》で感じ、リリーは反射的に飛び退《の》いた。

ガンッと鈍《にぶ》い金属音と石が砕《くだ》ける音が聞こえる。見れば斧《おの》が床に突き刺さっていた。

飛び退かなければ致命傷《ちめいしょう》を負っていただろう。

斧を持ち上げた男は、他の監視役達を倒しながら近づくジークに気がついていない。

リリーはジークを援護《えんご》するため笑って見せる。

優雅に、華美《かび》に、目が離せないほど艶やかに。

「あらあら。ずいぶん乱暴な歓迎《かんげい》なのね」

「なんだ、いい女じゃねぇか」

リリーを見た男がにたにたと笑う。

（脳筋で助かったわ。確かに真っ向勝負では私が不利でしょうね。でも……）

男の後ろから影が迫る。

（私はもう、一人じゃないの）

気配を消したジークが男に斬撃を入れた。驚く間もなく男は床へと崩れ落ちる。

「リリー。なに遊んでるんだ」

「遊んでないわ」

「どうだか」

床と口づけをしている男をひょいと乗り越えて、ジークはリリーの隣に並ぶ。

立ち止まった二人は我に返った男達に囲まれた。統率《とうそつ》の取れた動きはとても金で雇《やと》われた傭兵《ようへい》には見えない。

「リリー。背中は任せる」

「ええ。任されたわ。私の背中も預けたわよ」

「もちろんだ」

二人同時に踏み込み、敵へと向かう。

間合いを詰め、柄《つか》で剣を持つ手を殴《なぐ》りつける。敵が呻《うめ》き、剣が床へと落ちた。

それを遠くへと蹴飛《けと》ばし、リリーは敵の首筋に鞘に収まったままの長剣を叩きつける。

「リリー」

肩越しに聞こえた声と同時に横へ反復する。リリーへと迫っていた剣が、ジークに受け止められた。敵が目を丸くした瞬間に、リリーは鳩尾《みぞおち》へと蹴りを入れる。

「上出来」

「余裕《よゆう》よ。ほら、次が来るわ」

二人が笑い合ったその時、敵が一斉《いっせい》にリリーへ向かってきた。

ジークが対処するも、連携《れんけい》の取れた動きと数の暴力で行く手を阻《はば》まれる。

「ちっ。リリー!」

「大丈夫よ」

五人が連携してリリーに攻撃をしかけてきたが、それをいなし瞬時《しゅんじ》に四人倒す。しかし、最後の一人に鍔迫《つばぜ》り合いへと持ち込まれてしまった。

勝利を確信した敵がにたりと笑う。だが、リリーは動じない。

長剣を手放し、素早《すばや》く身を捻《ひね》る。長剣がからんと音を立てて床に転がった。

支えのなくなった敵が体勢を崩したところへ、リリーは回し蹴りを食らわせる。

「私が簡単にやられると思ったら大間違いよ。女だからって侮《あなど》らないでほしいわね」

倒れた男に意識がないことを確認し、リリーはジークへと目を向けた。

大勢の監視役に囲まれたジークは確実に倒しているが、いかんせん数が多い。

一人の男がジークに斬りかかると同時に、彼の後ろで赤い飾り房が跳ねた。

「ジーク！」

咄嗟に太ももへと手を伸ばし、取り出した短剣をジークの後ろへと投げつける。

短剣の柄が眉間に直撃《ちょくげき》し、敵が床へと倒れ込んだ。

「リリー。助かった」

薄く笑ったジークは、リリーが剣を拾い構え直す間に残りの敵を床へと転がした。

少しふらついたジークへ駆け寄れば、目に見えて顔色が悪い。

「ジーク。やっぱり休んでいた方が……」

「大丈夫だ。俺のことよりも、まずはあっちが優先だろ」

ジークの視線を追えば、工場の隅で固まって震えている作業員達が目に入った。

作業員達は女性と子どもしかおらず、体は痛ましいほどに痩《や》せ細っている。

顔は少しの生気もない灰色で、目には警戒《けいかい》だけが浮かんでいた。

ボロボロの服から覗く傷だらけの両手両足には、鎖《くさり》のついた枷《かせ》が付けられている。

「思った通り、誘拐事件の……」

「あぁ。非人道的で反吐《へど》が出る」

憤《いきどお》りがじりじりと胸《むね》の奥に食い込む。だが、リリーは努めて優しく彼女達に微笑んだ。

「もう大丈夫よ。私達が来たからには、こんな所からすぐに出してあげる。上に騎士団も来ているわ。安心してちょうだい」

リリー達が敵ではないと理解した彼女達は涙を流しながら口々にお礼を言い始める。

しかし、リリーは素直に感謝の言葉を受け取れなかった。

慌ただしい足音とともにハイドの声が徐々《じょじょ》に大きくなっていく。

「リリアンナ様！　ご無事です……」

ハイドと騎士達が扉をくぐり、目を見開いた。

それもそのはずで、リリーの周りには、傷一つないジークと足下に転がる男達。そして、涙する女性と子ども達がいれば、誰だって驚くだろう。

「どうしてお前達が……？」

どうやらハイドは床に転がる男達を見て驚いているようだ。

（そういえば赤い飾り房を付けていた騎士がいたわ。騎士団も一枚岩じゃなかったのね）

愕然としているハイドにリリーは声をかける。

「彼女達は誘拐事件の被害者達よ。保護してあげて」

「！　かしこまりました」

我に返ったハイド達は、被害者達と元同僚達とともに地上へととんぼ返りしていく。騎士達がいなくなると工場内は途端に静まり返った。

ジークと二人きりになってしまうが、彼の目は機械へと向けられている。

リリーも機械へと視線を移す。その中には作りかけの硬貨《こうか》が大量に並んでいた。

製造中であろう金貨を一枚取り出し、観察する。

「これは……旧モント硬貨ね。大きさ、厚みともに同じ。細部に至るまで同じだわ」

「あぁ。やっと尻尾を摑んだ。ほぼ同じだが少しだけ重さが違う」

ジークが懐から金貨を取り出し、リリーに手渡す。鷹《たか》紋様の旧モント硬貨だ。

「そうね。僅かだけど違うわ。それと、一番分かりやすいのはかぎ爪の数ね」

ジークから渡された金貨の鷹はかぎ爪が二本。しかし、地下で作られていた金貨のかぎ爪は三本あった。

「これで言い逃れができない証拠が見つかったな」

「ええ。だから燃やして証拠隠滅《いんめつ》を謀《はか》った。王族と言えど硬貨の偽造《ぎぞう》は大罪だもの」

至極《しごく》当然の結論に至ったリリーは、ため息をついた。

「殿下は贋金を使って豪遊《ごうゆう》していた。そう考えれば辻褄《つじつま》が合う」

「あとはリリーの姉だな」

「ええ。でもソフィアお姉様が関わっているという証拠が薄いのよね……」

秘密裏《り》にやり取りされていた手紙は無記名であるため、立証が難しい。

手紙がソフィアのものだと証明できれば、記されていた『新皇帝は切れ者。油断大敵』や資源の確保や生産への指示などを鑑《かんが》みて処罰《しょばつ》されるはずだ。

だというのになかなか尻尾を掴むことができない。

「立証できればいいんだろ。俺に任せろ」

「え？」

「姉を大罪人として突き出す覚悟はあるか？」

真剣《しんけん》な声色《こわいろ》に、リリーは思わずごくりと喉を鳴らした。

贋金が流通すれば、モント硬貨の価値は暴落する。当然ながら煽《あお》りを受けるのは帝国だ。他国への流通拒否《きょひ》以上の経済的打撃《だげき》が帝国を襲うだろう。

贋金製造の事実を知った帝国と戦争になる可能性もあった。

「この情報を国王陛下にお伝えして、然《しか》るべき対応を求めるわ」

「模範《もはん》解答だな。てっきり、自分の手で終わらせるかと思っていたんだが」

「私だって、この手で鉄槌《てっつい》を下したいわよ！　誘拐した人達を働かせて贋金を作るだなんて、到底許されることじゃないもの！」

「そうか。それを聞いて安心した」

何か策があると言いたげなジークだが、リリーはこれ以上の案は思いつかない。

公国でならまだしも、ここは王国。リリーに影響《えいきょう》力などないに等しいのだから。

「……国王陛下に指示を仰ぐのが最善だと、私は思うわ」

「明日、あらぬ罪をかけられるのに？　でっち上げられた書類も回収してないだろ？」

「ほんの僅かでも計画が崩れた時点で白紙に戻すのがソフィアお姉様よ」

「最後まで油断大敵だろ？　俺にいい案がある。乗らないか？」

何か企《たくら》んでいるような悪い笑みにすら胸が高鳴るのだから重傷だ。

誤魔化《ごまか》すようにジークに金貨を返せば、そのまま手を取られてしまう。

「いい案って……。ジークの手を借りなくても私は大丈夫よ」

「俺には賭け《ベット》できないって？」

「そういうわけじゃ……。ただ、これ以上ジークに迷惑《めいわく》をかけられないと思っただけよ」

「なんだ、そんなことを気にしていたのか。迷惑なんて一欠片《かけら》も思ってない。むしろ、リリーにならもっと迷惑をかけられたっていい」

摑まれた手にすり寄られ、声が上擦る。

「っ、私に甘すぎない？」

「そうかもな。俺にリリーを最後まで守らせてほしい」

「……ずるいわ。断れないじゃない。わかった、ジークの案に乗るわ」

手の甲《こう》に口づけを落としたジークは、獲物《えもの》を見つけた猛禽類《もうきんるい》のようにアイスブルーの瞳を光らせて笑う。彼の右耳で揺れるピアスにはまだ、クロノス神の紋様が浮かんでいた。


死を回避《かいひ》しようと奮闘《ふんとう》した夜があっさりと明けた。

感動する暇もなくリリーは手回しに奮闘し、夜会の準備以外の時間を全て費《つい》やした。

準備は二つ。一つは国王に贋金の件を報告すること。

もう一つは、本来の会場のシャンデリアが落ちたため夜会会場を変更《へんこう》するという旨《むね》の手紙を国王名義で送ることだ。もちろんスペンツァーとミア、そしてソフィアから了承《りょうしょう》の返事を手紙でもらった。

（準備は万全《ばんぜん》だもの。大丈夫。落ち着いていつも通り振る舞うのよ）

冬空の下、リリーは夜会が行われる庭園の前に一人で佇《たたず》んでいた。

警備のため花のアーチの左右に立つ騎士二人へと声をかける。

「殿下は？」

「は！　すでにラングレー令嬢とご入場されました！」

「そう。分かったわ」

困惑した表情を浮かべる騎士二人は、スペンツァーが婚約者《リリー》を差し置いて入場するとは思ってもみなかったらしい。

リリーとしては、スペンツァーが迎えに来ないことは想定の範囲《はんい》だった。一度迎えに来なかったのだから、二度目も来ないに決まっている。

(ジークに頼むわけにはいかないものね)

仮にエスコートをジークに頼めば、不貞《ふてい》を疑われるに違いない。

安易に予想できる未来に、リリーは大きなため息をついた。

(……殿下のことはもういいわ。一番の問題は、ソフィアお姉様よ)

昨日、リリーはカジノの前で見下ろすソフィアと目が合った。彼女は自身の計画を破綻《はたん》させたのがリリーだと勘付《かんづ》いたはずだ。

(ソフィアお姉様が何を考えているのか予想もつかない。不確定要素すぎるわ)

ソフィアという人間は、したたかで頭のキレる油断ならない人物だ。少しでも気が緩めば、それが命取りになってしまうだろう。

リリーの不安を煽るように耳元のピアスには、いまだクロノス神の紋様が浮かんでいた。

(でも今度こそ切り抜けてみせるわ。ジークのためにも、私のためにも)

色とりどりの花が咲いたアーチをくぐり、リリーは堂々と庭園へと歩みを進めた。

リリーが歩くたび、ミルキーホワイトの髪が漣《さざなみ》のように揺れる。

デコルテを惜しみなく晒すアイスブルーのドレスは、一種の芸術作品のような精彩《せいさい》を放つ。幾重《いくえ》にも重ねられたドレープ一つ一つに施《ほどこ》された細やかな刺繍《ししゅう》が優雅に揺れた。

裾《すそ》に近づくほど濃《こ》くなる色は波打つ海を彷彿《ほうふつ》させる。

服飾《ふくしょく》の最高峰《さいこうほう》と呼ばれる技術をふんだんに詰め込んだドレスに、誰もが時を忘れ、リリーに見惚《みと》れている。

(ジークから独占《どくせん》欲の塊《かたまり》のようなドレスが贈《おく》られた時は驚いたけれど、受け取って正解だったわね。ドレスは女の戦闘服だもの)

自らの瞳と同じ色のドレスは、自分の女だと主張するようなものだ。

(色を纏《まと》う意味が分からないわけじゃない。けれどジークの用意したドレスに袖《そで》を通したいと思ってしまった。これじゃ殿下を浮気《うわき》者だと罵《ののし》れないわね)

スペンツァーの婚約者であるリリーが、スペンツァーの色を纏っていないといぶかしむ人間もいるだろう。しかし、スペンツァーがリリーをエスコートしなかった事実と、彼の隣に寄り添《そ》うミアが白色のドレスを纏っている光景を見れば察するはずだ。

(……ジークはいつからドレスを用意していたのかしら?)

リリーの体型を知る針子は少ない。そんな中ジークは一寸《いっすん》の差異もないドレスを用意してみせた。それだけで本気度が窺《うかが》える。

ジークから貰《もら》った勇気という名の蒼《あお》い炎《ほのお》を纏うだけで、背筋が伸びるのだから恋《こい》とは厄《やっ》介《かい》なものだ。リリーの決意を表すように、アレキサンドライトのピアスがリリーの左耳で赤紫色《あかむらさきいろ》の輝《かがや》きを放つ。

いつものリリーであれば、婚約者の言いつけ通り踵《かかと》のない靴《くつ》を選んだ。しかし今日は、リリーにとって初めての反抗《はんこう》となる。相応《ふさわ》しい装《よそお》いをしなければ箔《はく》もつかない。

視線を走らせ、出席者の顔を確認する。

(ソフィアお姉様もちゃんと出席しているわね)

スペンツァー達から少し離れた場所で、深紅《しんく》のドレスに身を包んだソフィアは笑顔を張り付けていた。正装をしたハイドがわざわざ彼女に挨拶《あいさつ》を行っていたからだろう。

(準備は万全ね。みてなさい。最後に笑うのはこの私よ!)

リリーは歩みを止め、目の前に佇むスペンツァーを見据《みす》えた。

この日のためと渋々贈《しぶしぶおく》られた可愛らしいドレスには袖を通さなかったからだろうか。スペンツァーが目を見開いて驚いている。

隣にはあの時と同じ純白のドレスを着たミアが寄り添っていた。

「エスコートにいらっしゃらないから、まだ準備ができていないと思っていましたわ」

「リリアンナ、お前……。そのドレスは……?」

「私が一番綺麗に見えるドレスを選んだだけです。殿下から贈られるドレスって、殿下の隣におられるような女性であれば似合うのでしょうけど……」

ちらりとミアを見やれば、彼女はさっとスペンツァーの後ろに隠れてしまう。

とって食われると言いたげな行動に、リリーはため息交じりに言葉を吐いた。

「似合うドレス一つ贈れないなんて……ねぇ？」

困ったように眉を下げて笑えば、スペンツァーがわなわなと震え出す。

(煽り耐性《たいせい》がないのね。王族としては不出来だけれど、こちらとしては好都合だわ)

ついに怒《いか》りが限界を迎えたのかスペンツァーが声を張り上げる。

「ッ、リリアンナ!!　ミアを虐《しいた》げたお前との婚約を破棄《はき》させてもらう!!!!!!」

高らかに響いた宣言に会場内は示し合わせたかのようにどよめく。

リリーとの婚約破棄は、公国との友好関係を自ら捨てるような行為《こうい》だ。

「虐げた覚えなどないわ。何かの間違いでは？」

「白々しい嘘をつきおって。お前にはほとほと愛想《あいそ》が尽《つ》きた。僕は真実の愛を見つけたんだ。僕はミアを妻にする!!」

王族として生まれた以上、政略結婚《けっこん》からは逃れられない。

だというのに寝言《ねごと》を吐いたスペンツァーに、会場内はいつになく騒然《そうぜん》としている。

当たり前だ。王族が生まれ持った責任を放棄《ほうき》するなど誰も思うまい。

「そんな戯言《たわごと》がまかり通るとお思いですか？　私はリュビアン公国の公女です。簡単に婚約破棄できるほど甘くはありません」

「はっ！　罪人が何を言うか」

どよっとざわめきが大きくなる。

リリーは笑みを深くしてスペンツァーとミアを見つめる。

一度目は動揺《どうよう》し、言われるがままに断罪されてしまった。しかし、今は違う。

事実無根の罪状を突きつけられると知っているのだから、心が揺れ動くこともない。

リリーは冷静に、ゆったりと首を傾げた。

「罪人、ですか」

「そうだ！　見よ‼　これが証拠だ‼」

そう言ってスペンツァーは手を突き出す。だが、誰一人として前に出てこない。

彼に加担していた従僕はすでに捕縛されているのだから当然だ。

スペンツァーの威勢よく突き出された手が、戸惑いを表すかのように宙を彷徨《さまよ》う。

証拠を持って来る人間がいないと狼狽《ろうばい》したスペンツァーが、挙動不審に周りを見渡した。

そんな彼に、リリーはますます笑みを深くする。

「罪人だなんて物騒《ぶっそう》な。それで、証拠はどこに……？」

「なっ、おい！　早く持って来ないか‼」

リリーがスペンツァーの後ろに控えている人物に目配せした。頷いたのは男装をしたアメリアだ。彼は遅い！　と強引《ごういん》に奪い取り、ニタニタ笑った。

（品性の欠片もない笑い方だわ。そもそも婚約者の侍女の顔も覚えていないの？）

呆れながらも続く言葉を待つ。

「横領罪《おうりょうざい》と賭博場開張図利罪《とばくじょうかいちょうとりざい》。それがお前の罪状だ！」

リリーはこめかみに手を当て、呆れを口から零《こぼ》した。

(状況《じょうきょう》も考えず強行するなんて愚策《ぐさく》もいいところね)

稚拙《ちせつ》な行動に言葉も出ない。しかし勘違いしたスペンツァーがふんぞり返る。

「どうだ！　図星で言葉も出ないか？　観念するなら今のうちだぞ」

「観念もなにも、身に覚えのないものをどうやって認めるのですか？」

「なんだと⁉」

道化《どうけ》もここまでくると、ただの阿呆《あほう》だ。

リリーを断罪する計画を立てた主犯であるソフィアでさえも、引いた顔をしている。

(殿下は私が何の手も打っていないとでも思っていたのかしら？)

味方はもういない。だが、何も知らないスペンツァーは自身の勝利を疑わなかった。

状況が理解できていない彼に思わず笑いがこみ上げてしまう。

「ふふ」

笑われたのが腹立たしいのか、スペンツァーは目尻を吊り上げる。

あまりにも滑稽《こっけい》なその様子に、リリーは勝利を確信した。

手を突き出し、合図を送る。

「観念するのはあなた達よ！」

リリーが言葉を口にした、その刹那《せつな》。

風が吹《ふ》き、雲に覆《おお》われていた夜空が晴《は》れ渡った。

リリーの背中を押すかのように、満月の光が降り注ぐ。

ミルキーホワイトの髪が月光を浴び、神秘的な輝きをまとい風になびいた。

緋色《ひいろ》の瞳が煌《きらめ》く。その輝きは意志の強さを示すかのようだ。

リリーの合図で参加者達がスペンツァーとミア、そしてソフィアを取り囲む。

参加者を装っていたのは王国を守護する騎士達だ。

本当の参加者達は今頃《いまごろ》大ホールで夜会を楽しんでいるだろう。

シャンデリアが落ちたというのも、誤ってスペンツァー達が大ホールへ行ってしまわないための方便。

今宵《こよい》、この庭園は犯罪者を誘《おび》き出すためだけに用意された花園《はなぞの》だ。

まんまと罠《わな》にハマったスペンツァー達はさしずめ、花園の香りに誘《さそ》われた虫だろうか。

「帝国にはこんな言葉があるらしいわ『飛んで火にいる夏の虫』ってね。まぁ暦《こよみ》は冬だけれど、今でも虫はいるもの。ねぇ？」

「はい。リリアンナ様」

リリーの一歩後ろに移動したアメリアが頷いた。

「おい！　従僕！　何をしている！　こやつらをどうにかするのがお前の仕事だろう⁉

お前も、お前も！　僕の味方のはずじゃないのか‼」

スペンツァーが駄々《だだ》っ子のように赤い飾り房を付けた騎士達を指さす。

「まだ現実が見えていないのかしら？　殿下の味方はもう、誰一人いないのですよ」

大きなため息をついて、リリーは指を鳴らす。

すると、ハイドがソフィアを連れてリリーの前に姿を現した。

ソフィアは全てを理解した上で堂々とついてきているのだろう。動揺が見られない。

深紅のドレスが揺れる度《たび》、バラの香りが漂う。ソフィアが開発した特注の香水の匂いだ。

「どういうこと、なのだ……？」

スペンツァーは目を丸くしてソフィアとリリーを見比べる。

大人しくハイドについてきたソフィアを見たリリーはほっと胸を撫で下ろした。

（一番の功労者であるジークがこの場にいないのが残念だけれど……。ジークは新皇帝の側近なのだから、仕方ないわね）

状況を把握《はあく》しているだろうソフィアから射殺さんばかりの視線を受けながら、リリーはスペンツァーに声をかける。

「本当に、身に覚えがないと？」

「当たり前だろう‼　お前も何をしている‼　彼女が誰か知っての狼藉《ろうぜき》なのか⁉」

「はい。リュビアン公国第一公女ソフィア様だと存じ上げております」

恭しく頭を下げたハイドに、ソフィアが勝ち誇《ほこ》ったように笑う。

「ディアマント王国はリュビアン公国に宣戦布告でもしたいのかしらぁ？」

「いえ。決してそのようなことは」

再度ハイドが頭を下げる。

「それでぇ？　いい加減理由を聞かせてくださるぅ？」

「そうだそうだ！」

何も理解していないスペンツァーの代わりに、ソフィアが問うた。それに追従するスペンツァーに呆れつつも、リリーは口を開く。

「赤い飾り房を付けていた者達は皆《みな》、国家反逆罪で牢獄《ろうごく》におります。そして殿下が助けを求めたのは私が用意した偽物《ダミー》です」

「は？」

目を丸くするスペンツァーに、リリーは罪状を告げた。

「主権乱用、硬貨偽造、賭博場開張図利罪、横領罪。それと拉致監禁《らちかんきん》。身に覚えがありませんか？」

「偽造硬貨だと……!?」

「リリアンナ様、酷《ひど》いです！　ありもしない罪をでっちあげるだなんて！」

両手で口を覆うミア。みるみるうちに亜麻《あま》色の瞳に涙が溜《た》まっていく。

その様子をリリーは冷ややかに見つめた。

「証拠もなくあなた達を捕縛するなんて、私の権力じゃ無理よ」

「ならどうして！　こやつらが従っているのだ‼」

「証拠があるからに決まっているでしょう？」

リリーの言葉に、スペンツァーとミアの顔色がさっと青くなった。一方のソフィアは顔色一つ変えず黙り込んでいる。

「来なさい」

リリーの合図で騎士達により連れて来られたのは、捕縛された三人だ。

スペンツァーの従僕。甲冑男に、メイドだ。

三人を見たソフィアは笑みを深くする。

「証拠だと言うから何が出てくるかと思ったらぁ……笑わせないでちょうだい」

「本当に見覚えのない方々だと？」

「なっ、お前……どうして……」

「あらぁ。スペンツァー殿下には心当たりがあったみたいねぇ。でもわたくしに見覚えのある方はいないみたいだわぁ」

ソフィアの言葉に、メイドの顔がみるみる青ざめていく。

「どうして!!　あんなに、お嬢様《じょうさま》のため尽くしてきたのに!!」

「あなたぁ、どなただったかしらぁ？　覚えがないのだけれどぉ」

焦《あせ》ることなくメイドを知らないとソフィアは言い切った。メイドは赤色の瞳が零れそうなほど見開いた。敬愛していた主人に切り捨てられ、メイドは獣《けもの》のように取り乱す。

興奮状態で救いを求める彼女に、ソフィアは「怖《こわ》ぁい」と簡単に言ってのけた。

「はぁ。面《つら》の皮が厚いと、こういう時大変ね。ハイド」

「承知しました」

モント金貨を二枚ハイドから受け取り、ソフィア達によく見えるよう掲《かか》げる。

するとソフィアがおっとりと首を傾げた。そんな仕草でさえも、胡散臭《うさんくさ》く感じてしまう。

「右が贋金。左が本物。違いが分かるかしら？」

細部の装飾《そうしょく》は同じだが、決定的に違う所が一つ。

決定的な部分を見せつけるため、リリーは金貨を裏返した。

鷹の紋様を晒すが、スペンツァーとミアは違いが分からないようで首を傾げる。そんな二人に対し、ソフィアだけが神妙《しんみょう》な顔で口を開いた。

「かぎ爪の本数だわぁ。右三本。左が二本。本当に贋金なのねぇ」

ソフィアの言う通り、贋金は鷹のかぎ爪が三本。本物はかぎ爪が二本だ。

「な!?　どういうことだ!?」

白色の瞳を大きく見開いて驚くスペンツァーに、リリーはため息をついた。

「贋金が出回ればその硬貨の価値が暴落してしまう。だから贋金製造は大罪なのよ。ねぇ、お姉様？」

「ええ。極刑《きょっけい》になってもおかしくないわぁ。まぁわたくしには関係ないのだけれどぉ」

白々しい会話をしながらリリーはソフィアを観察する。

顔色一つ変えないその姿は清廉潔白《せいれんけっぱく》だと言わんばかりだ。焦る様子は一切ない。

「そうそう。昨日、騎士団の調査の甲斐《かい》あって、誘拐事件の被害者達が見つかったの」

「？　それは喜ばしいことねぇ。でも今は関係ないのではなくてぇ？」

「関係あるわ。誘拐された人達が贋金を作らされていたんだもの」

しんっと静まり返った夜空に、リリーの凛とした声だけが響く。

「全ての始まりは半年前から続く誘拐事件。城下にカジノを作り、その地下に攫った人々を監禁《かんきん》し、労働を強《し》いた。そこではモント硬貨の贋金が作られていたわ」

「それがわたくしを拘束する理由にはなりえないわよぉ」

「いいえ。ソフィアお姉様。ちゃんと理由はあるわ」

自身は関係ないと言わんばかりのテラコッタの瞳を見つめ、リリーは冷静に告げた。

「殿下とラングレー令嬢をそそのかし、誘拐事件を実行して硬貨の偽造を画策したのは、ソフィアお姉様。あなただからよ」

「可愛くもない妹の戯《ざ》れ言《ごと》に付き合う気はなくてよぉ」

冷ややかな視線が返ってくるが、リリーは怯《ひる》まない。

「ちゃんと証拠はあるわ」

「よかったじゃなぁい。ほら、そこのスペンツァー殿下とラングレー令嬢が二人でやった。一件落着。わたくしは一切関与《いっさいかんよ》していないのだから、証拠が出なくて当然じゃなぁい？」

「ソフィア⁉　話が違うではないか！」

「呼び捨てしないでくださるぅ？　スペンツァー殿下にそれを許した覚えはなくてよぉ」

わなわなと震えるスペンツァーに、突如《とつじょ》声がかかった。

「見苦しいぞ」

リリーの後ろから聞こえた声に、スペンツァーは零れ落ちそうなほど目を見開いた。

「ちっ、父上⁉」

「スペンツァー。お前は……」

リリーの後ろから現れたのはディアマント王国の現国王。つまり、スペンツァーの父であり、この国で唯一《ゆいいつ》スペンツァーに命令できる人だ。

「父上！　こやつらが僕を捕縛しようとするんですよ⁉　王位継承《けいしょう》者であるこの僕を‼」

「スペンツァー」

「ソフィアから持ちかけられた提案は魅力《みりょく》的なものです‼　僕はっ、僕は効率的に金を増やしただけです!! ミアの領地から資源を持ってくれば、ずっと製造し続けられる。むしろ感謝されるべきではないのですか!? 減らない財源を手に入れたのですよ!?」

「スペンツァー!!!!!!」

大きく肩を跳ねさせたスペンツァーがオロオロと目に見えて困惑し始める。

彼は、あろうことか自身の犯《おか》した過《あやま》ちすら認識《にんしき》できていなかった。

そして、その罪を自ら口にしたのだ。もう撤回《てっかい》はできない。

「ち、父上……?」

「お前はなんてことをしてくれたんだ」

「……え?」

「リリアンナ嬢から全て聞かせてもらった。お前はもう、私の子ではなくなった。お前の婚約者であったリリアンナ嬢との婚約も明朝をもって、破棄させてもらっている」

「…………え?」

リリーは朝から国王に面会を求め、スペンツァーの罪を暴露《ばくろ》した。

動かぬ証拠を突きつけられた国王は、スペンツァーを廃嫡《はいちゃく》すると約束してくれたのだ。

早朝よりもさらに老《ふ》け込んだように見える国王は、これ以上にないほどに肩を落とした。

「余《よ》の教育が行き届いていないばかりに……。不出来な息子《むすこ》で申し訳ない」

「いえ。話を聞いてくださっただけで私は満足です。陛下」

リリーは敬意を表して胸に手を当て頭を下げた。哀愁《あいしゅう》を漂わせる国王にいまだ状況を理解していないスペンツァーが叫ぶ。

「まっ、待ってください！　第一王位継承者は僕でしょう？」

「馬鹿者‼　まだ分からんのか？　お前は廃嫡だ。この意味は分かるな？」

「そ、そんな……でも、僕がいなくなって、国は……跡継《あとつ》ぎが……」

うわ言を呟くスペンツァーに、国王が爆弾《ばくだん》を落とした。

「この国は、余の代で終わる。その後は帝国の属国となろう」

国王の覚悟はリリーも初耳だった。

静寂《せいじゃく》に包まれた庭園。皆、驚きに言葉も出ない。

草木が風に凪《な》ぐ音が嫌に大きく聞こえる中、国王の後ろから一人の男が現れた。

リリーは予期せぬ人物に瞬く。

現れたのは帝国の正装に身を包んだジークだ。

「ディアマント国王の決意は確かにいただいた。跡継ぎのいない貴殿《きでん》が崩御《ほうぎょ》した後は、我が帝国が統治すると約束しよう」

その言葉にやっと事の重大さに気がついたスペンツァーが狼狽《うろた》えつつも叫び出した。

「ぼっ僕はミアとソフィアにそそのかされただけだ‼」

「はぁ⁉　ノリノリで乗ったのはアンタでしょ⁉」

スペンツァーとミアは人目も憚《はばか》らずぎゃいぎゃいと言い合いを始めてしまう。

みっともない姿を晒す二人に、リリーは我に返った。剝《は》がれた笑みを付け直し、スペンツァーへの皮肉を口にする。

「仲間割れですか？　真実の愛とはずいぶんと打算的なものなのですね？」

「うるさい、うるさい！　うるさい!!!!!!」

スペンツァー達にキッと睨まれるが、微塵も怖《こわ》くない。

むしろこの状況で痴話喧嘩《ちわげんか》できる度胸に驚きだ。

「そんなに睨まないでほしいわ。自分が招いた結果でしょう？　それで、ソフィアお姉様。殿下が自供したようですが、そろそろ罪を認めては？」

痴話喧嘩する二人から視線をソフィアに向け、リリーは首を傾げる。しかし、スペンツァーが自白してもなおソフィアの笑みは絶えなかった。

「ジーク様の前で言いがかりはやめてちょうだい。わたくしは何もしていないわよぉ」

「お前に愛称《あいしょう》を許した覚えはない」

「あらぁ。そうつれないことを言わないでくださいな」

ジークへ熱い視線を送るソフィアに、思わずリリーの眉間に皺《しわ》が寄る。

率先《そっせん》して硬貨を偽造していたのは、スペンツァー達だ。

ずる賢《がしこ》いことに、ソフィアは自身の手を汚すほど詰めは甘くなかった。

立証の難しい問題だ。しかし、繰り返す世界の中で、リリーはいくつもの証拠を掴んでいた。それを知らないソフィアは焦ることなく、強気な笑みを浮かべる。

「証拠があると言ったはずよ。ソフィアお姉様」

「そこまで言うなら見せてもらおうじゃなぁい？」

証拠がないと確信しているのか、ソフィアは楽しげにテラコッタの瞳を歪ませる。

正反対の容姿をしているが、腐《くさ》っても同腹の姉妹。情がないと言えば嘘になってしまう。

だが、リリーは迷いのない瞳をソフィアに向けた。

「もちろんよ。ハイド」

「はい。ここに」

ハイドの部下から束になった手紙を受け取る。

手紙をソフィアに見せれば、勝ち誇ったようにソフィアが笑った。

「貴女の愛用しているレターセットがどうしたのかしらぁ」

封筒から便箋を取り出せば、ふわりとバラの香りが漂う。

ひくりとソフィアの口角が引き攣《つ》ったのをリリーは見逃さなかった。

「確かに私がよく使っているものと同一の物よ。でもこれは私のではないわ。私が書いたと偽装《ぎそう》した手紙だもの。そもそも私は殿下にこんな恋文を書かないわ」

便箋を見せてもソフィアが焦る様子はない。

「貴女を名乗ろうだなんて物好きがいたものねぇ。あぁ、そこの令嬢じゃなぁい？」

「彼女には無理ね。王国ではこのレターセットは流通していないのよ。私は公国から取り寄せてもらっているだけ。ねぇ、これでもまだ言い逃れするのかしら？」

ソフィアの目が僅かに見開かれる。言い逃れができないと悟ったのだろう。彼女はころっと主張の方向性を変えた。

「……困ったわぁ。恥《は》ずかしいじゃなぁい。こんな大勢の前で恋心《こいごころ》を暴くだなんてぇ。でも、気の迷いだったわぁ。スペンツァー殿下がよく見えていた時期もあったのよぉ」

ほんのりと赤い頬に手を添えたソフィアは誰がどう見ても、恋する乙女《おとめ》のそれだ。しかし彼女の瞳には、身を焼くような情熱が宿っていない。

「茶番はよして。殿下のこと、都合のいい手駒としか思っていなかったでしょう？」

リリーはすでに知っている。叶わぬ恋がどれほどの熱を持つのかを。

ジークを盗《ぬす》み見れば、視線が絡んだ。周りに悟られないよう慌てて目を逸らす。

「そんなわけないじゃなぁい。ちゃんと恋していたわぁ。叶わない恋でしたけれどぉ」

「そうは見えないわね。……そもそも恋文は暗号を隠すカムフラージュでしかないわ」

言い切ったリリーは手近なテーブルに置かれた蝋燭へ便箋を近づけた。そしてよく見えるよう一枚ずつ両手に持ち、掲げる。

動揺のないテラコッタの瞳が初めて揺れた。

「文字と文字の間の空白に浮かび上がった文字を拾っていくの。こう便箋を重ねると、同じ位置に同じ文字が重なるわ」

あらかじめ解読しておいた内容を提示する。

新皇帝に関することから、贋金の増産についてまで全て。

一つ聞くごとに顔を青くしたソフィアは聞き終わるとふらりとよろめいた。

「そんな暗号が仕込まれていただなんて……。わたくしの恋心に気がついた誰かが罪を擦《なす》り付けようとしているのよぉ。きっとそれはわたくしを騙った手紙だわぁ」

「そう。でもね、お姉様。いつもの癖って、なかなか抜けないのよ？」

「……何が言いたいのかしらぁ？」

仄暗《ほのぐら》い光の宿る目を向けてきたソフィアに、リリーは嘲笑を向けた。

「自慢《じまん》していたバラの香水。今日もしてきているわね？」

「っ、当たり前じゃなぁい」

ソフィアが胸を張れば、ほんのりとバラの香りが漂う。

「そう。今日国王陛下へ手紙を書いたでしょう？　その手紙からも同じ匂いがしたわ」

ハイドの部下へ恋文を渡し、あらかじめ回収していたソフィアの手紙を受け取る。

便箋を取り出せば、ふわりと独特な香りが広がった。

「！　それはっ……！」

「なぜ恋文からも同じ香りがするのかしら？」

今度こそ反論せず固まったソフィアに追い打ちをかける。

「あらあら。図星？　ソフィアお姉様自ら唯一無二《ゆいいつむに》の特注品だと吹聴《ふいちょう》していらしたもの。いまさら市販《しはん》品でした……だなんて、言わないわよね？」

言い返すことができないのか、ソフィアはうつむきがちに唇を噛んだ。悔しげな彼女を横目に、リリーはにこりと笑う。

「これは国際条約に違反《いはん》する大罪よ。今後の処遇《しょぐう》はお分かりよね？」

リリーに気圧《けお》されたのかソフィアは無言だ。

再び静まり返った庭園にリリーの声が響く。

「温情を求めても無駄よ。投降してくれるかしら？」

「はぁ。まさか貴女に暴かれるなんて、思ってもみなかったわぁ……。仕方ないわねぇ」

かすかな冷笑《れいしょう》に似た奇妙な笑みを浮かべたソフィアに嫌な予感が掠《かす》めた。

ねっとりと湿《しめ》った爬虫類《はちゅうるい》のような悪意が足下を這い上がってくる。

「何を、考えているの……？」

「わたくし、貴女が心底嫌《きら》いなのよ。だから、消えてくれないかしら。永遠に。今よ‼」

「っ⁉」

合図を出したソフィアだったが、リリーに向かって来る人間は誰一人いなかった。

代わりに静寂を切り裂くように降ってきたのは、気の抜けるような声だ。

「残念だけど、どれだけお金を積まれてもぼくが君に手を貸すことはないよ～」

一瞬にも満たない速度でリリーとソフィアの間に現れたのは、目立つ褐色の男だった。

いきなり姿を現した彼に、騎士達が一斉に警戒心をむき出しにする。

「レヴェリー？」

「はーい。昨日ぶりだね、お嬢さん。ジークの色、とても似合っているよ」

「え？　あ、ありがとう……？」

困った顔のまま愛想《あいそ》笑いを浮かべれば、レヴェリーはからっと笑った。

リリーの知り合いだと騎士達が警戒を解き、成り行きを見守っている。

「今、何て……？　ジークの色とおっしゃったの？」

信じられないと一瞬見開かれたテラコッタの瞳。しかしそれはすぐに視線だけで人を射殺せそうな凶悪《きょうあく》なものへと変わる。ソフィアから憎《にく》しみを向けられたリリーは思わず息を呑んだ。しかしレヴェリーは全く意に介《かい》さず肩をすくめるだけ。

「あれ？　知らなかったっけ？　この子はジークのお気に入りさ！　だからね、ぼくはこのお嬢さんに手は出せない。だから残念だけど、君は諦めておくれよ」

「なんですって？　巨額《きょがく》を費やしたのにっ何をいまさら」

「あははっ。あれが巨額だって？　笑っちゃうよね～！　偽造硬貨製造なんて馬鹿な真似しなければ、もっと長生きできたと思うよ？」

すっと細められた茶色の目に、リリーは首元にナイフを突きつけられたかのように動けなくなってしまった。その視線を真っ正面から受けたソフィアは瞳に涙を溜め、青い顔で歯をがたがたと鳴らし震えている。

息をすることも忘れ重圧に耐《た》えていれば、ふっと体が軽くなった。それはジークが彼に声をかけたからだろう。

「レヴェリー。もう引っ込んでろ」

「はーい。じゃあまたね、お嬢さん！」

レヴェリーはそう言い残し、瞬く間に消えてしまった。彼が姿を消した庭園は静まり返っている。まるで彼が周りの音を全て持ち去ってしまったかのようだ。

すくみ上がったソフィアにリリーは声をかける。

彼女が何を思い、何を考え、行動していたのか、知りたかった。

「どうしてこんなことしたの？」

「そういうところよぉ。貴女には分からないでしょうけど。同じ妾《めかけ》の子だというのに、なぜわたくしだけがあんな惨《みじ》めな思いをしなければならないのぉ？」

「惨めな思い？　笑わせないで」

「はっどの口がっ……！　貴女だけ良《い》い思いをしていたでしょう？」

見当違いな言葉にリリーは思わず反論してしまう。

「三食ないのは当たり前。朝の清めと風呂《ふろ》は冷水。ドレスはあなたのお古のみ。これのどこに羨《うらや》む要素があったの？　宝石だってお母様の形見だけよ。それだってソフィアお姉様も持っているでしょう？」

リリーの言葉がよほど気に障《さわ》ったのか、ソフィアは瞳孔《どうこう》をこれでもかと開いて叫ぶ。

「あんな女の宝石なんてとうの昔に捨てたわっ‼」

「なっ」

「わたくしは、ずっと、ずっと‼　愛されてきたのに‼　貴女が生まれたせいでっ‼　どうしてわたくしまで蔑《さげす》まれなければならないのよっ‼　憎い‼　貴女が憎いわ‼」

マルベリー色の髪を振り乱したソフィアが、憎悪《ぞうお》に満ちた目をリリーへと向けた。

「その髪も、瞳も、上っ面の優しさも、貴女を構成する全てが！　憎くてたまらないっ‼　それなのにっ、不義理の子のクセに王妃ですって⁉　ありえない。おかしいじゃない！　なぜ貴女が幸せになるの⁉　妬《ねた》ましい！」

明確な悪意に、リリーはぐっと言葉に詰まった。

「ずたずたに引き裂かれ、男に襲われて死ねばよかったのにっ、なぜ生きているの‼　貴女さえいなければ‼　死さえ生ぬるい‼　わたくしのために死んでちょうだい‼」

鬼気迫《ききせま》るソフィアに、リリーは気圧されてしまう。

今にも飛びかかって来そうな勢いで、ソフィアは傍にあった空のグラスを振りかぶる。

(投げられる⁉ 回避は……できないっ。せっかくジークがくれたのに……)

身動きの取りづらいドレスのせいで回避行動が取れない。

グラスを投げつけられる寸前。

「俺がそれを許すと思うのか？」

今まで静観していたジークが、ソフィアの腕を捻り上げる。

グラスが地面に落ちたことすら気にならない様子でソフィアが頰を染めた。

「ジーク様」

「何度も言わせるな。愛称で呼ぶ許可を与《あた》えた覚えはない。そもそも帝国が何も摑んでいないとでも思っていたのか？ 舐《な》められたものだ。我が国を愚弄《ぐろう》した報いを受けろ」

ソフィアに蔑むような目を向け、冷ややかに吐き捨てたジークは、絶望に染まる彼女の身柄《みがら》を騎士へと渡した。

放心する彼女に一切の関心を向けず、ジークはリリーへと足を向ける。大股《おおまた》で近づいてきた彼が手を差し伸べ笑う。

妖艶《ようえん》なアイスブルーの瞳が心をとろけさせるほど情熱的に突き刺さった。

手を取った途端に引き寄せられ、ジークの腕の中に収まる。

「リリー。仕上げだ」

愛おしげに呼ばれ、リリーは火照る頬を紛《まぎ》らわすように頷いた。

「おい！　お前は誰だ⁉　僕達の前にいきなり現れるなんて不敬ではないか‼」

スペンツァーの言葉に、帯刀した剣を掲げたジークは名乗りを上げる。

「はぁ。では面倒《めんどう》だが改めて。俺はモントシュタイン帝国、百代皇帝。ジークフリード」

剣の柄に付いた飾り房が揺れ、龍《りゅう》紋様が刻まれた鞘が月光を浴びてキラリと輝く。

スペンツァーとミアから「皇帝……⁉」と悲鳴にも似た叫びが響いた。

「じ、ジーク、だってあなた……」

「ふっ。本当に気がついてなかったのか。俺は臣下だと名乗った覚えはないぞ」

「それは……だって、皇帝自ら調査をするなんて信じられるわけないじゃない」

「普通《ふつう》はそう思うだろうな。でも、俺は違う。力を示すためここまで来たんだ。さて話は後でじっくり聞いてやる。だから今は面倒なことを片付けよう」

目配せをしたジークに、国王は憔悴《しょうすい》した様子で頷いた。

「国際法に則《のっと》り、スペンツァー。ソフィア嬢は流刑《るけい》に処す。ラングレー家は地位を剥奪《はくだつ》、一族全員を流刑に処す。これは決定事項《じこう》だ」

国王の声が静寂に重くのしかかる。

流刑は、どこかの島に流れ着いたら御《おん》の字。潮の流れでは島に着かず海の上で息絶えることもある極刑だ。

「そんなっ、僕はっ……」

「……うそ、嘘よ……だって私は、私は、王子と結婚して……成り上がれるって……」

「残念であるが、余の決定は覆《くつがえ》らない。ラングレー男爵《だんしゃく》にも早馬《はやうま》で知らせてある」

国王の言葉を最後に放心状態のスペンツァーも泣き叫ぶミアも、苦々しい顔のソフィアも騎士に連行されていく。

（終わった……。ようやく、私、繰り返す日々から抜け出せた……？）

本当に全てが終わったのか現実味がなく、リリーは茫然《ぼうぜん》と立ち尽くす。

最後の最後までジークに手を貸してもらった形になってしまった。

「リリー」

回された腕に力が籠《こ》もる。

「ジーク。ありがとう。これで私は晴れて自由の身だわ」

「礼には及ばない。リリー、自由になって早々悪いが、俺に奪われてくれ」

口を開く前に抱き上げられる。庭園に色めき立った悲鳴が上がった。

思わずジークの胸を叩き、彼を睨む。しかし、楽しげに細められたアイスブルーの瞳の奥にくすぶる熱に気がついてしまい、リリーは視線を逸《そ》らした。

「気づいているか？　俺と対《つい》になるドレスだ。似合ってる。この場から連れ出して、誰にも見せないようにしたいほどに」

「そ、それは困るわ」

「このドレスに袖を通したんだ。……期待してもいいだろ？」

からかう気満々のジークに、リリーは拗《す》ねた口調で応える。

「……黙秘《もくひ》するわ」

「素直じゃないところも可愛い。なぁ、俺に奪われる覚悟はできたか？」

蛇よりも強い執着心《しゅうちゃくしん》が、リリーを包み込む。

それすら愛おしいと感じてしまうのは、きっとリリーも彼と同じ想《おも》いだからだ。

ジークへの返事にリリーは彼の首に手を回した。

「俺の可愛いリリアンナ。もう誰にも渡さない。リリーは俺のものだ」

心底嬉しそうに笑ったジークが、リリーを連れて歩き出した。

終章

二人が辿《たど》り着いたのは、リリーの自室だ。ジークは行儀《ぎょうぎ》悪く足で開けた扉《とびら》をくぐる。

自室の真ん中でリリーは降ろされた。

「どうしたの？」

じっと顔を見つめられ、くすぐったい。

「……ピアス。クロノスの紋様《もんよう》がなくなっている」

「え？」

ぱっとジークの耳で揺《ゆ》れるピアスを見上げれば、確かに紋様はなくなっていた。

(これでもう巻き戻らないのね。なら、摑んだ幸せって？　私はただ、私を認めてくれたジークと生きたい……！　そう思、って……)

体が燃え上がるような恥《は》ずかしさに包まれる。

ジークと目が合ってしまい、勢いよく顔を逸《そ》らした。

小さな笑い声が聞こえたかと思うと、彼は大げさにマントをはためかせ跪《ひざまず》く。

「リリー。俺と結婚《けっこん》してくれ。幸せにすると誓《ちか》おう。手を、取ってくれないか？」

差し出された手にリリーは息を呑《の》んだ。数秒の間を開け、意を決して言葉を絞《しぼ》り出す。

「一度婚約《こんやく》を破棄《はき》された女なんて、公女《こうじょ》でもキズモノ同然よ。それでも本当にいいの？」

「あぁ。俺は他の誰《だれ》でもない。リリーがいいんだ」

熱の籠《こ》もった瞳《ひとみ》に吸い寄せられるように、リリーはジークの手に自身の手を重ねた。

「……私も、ジークがいい」

「っ、くそ、どうしてこういう時に限って素直《すなお》なんだ。リリーの心だけで満足できなくなるだろ。髪《かみ》も、目も、全てを俺のものにしたい。今すぐに」

初めて面と向かって好意を向けられたリリーは、体が火照《ほて》っていくのを感じた。

その熱はみるみるうちに頭のてっぺんまで登っていく。

「なっ、何を言って……」

「男が女を連れて消えれば残された奴《やつ》らが何を思うかなんて、決まってるだろ」

「っ⁉」

夜会の最中に抜《ぬ》け出すことは、男女の関係であると公言するようなものだ。

そのことにやっと気がついたリリーは、恥ずかしさで自身の血が沸騰《ふっとう》し始める。

立ち上がったジークが、にやりと笑う。

「これから先、いくらでも時間はある。ゆっくりのめり込んでもらうさ」

もう後戻《あともど》りはできない状況《じょうきょう》に、リリーはこれでもかというほど顔を朱《しゅ》に染めた。

「くくっ。逃《のが》さないに決まっているだろう？　俺はリリーを愛しているからな」

全て手のひらの上だと言わんばかりの彼に、リリーは決意を新たにする。

（もうのめり込んでいる、だなんて、なんだか悔《くや》しいから言ってあげないんだから）

頬《ほお》をするりと撫《な》でられ、リリーは観念して口を開いた。

「……これから先も、ずっとピアスを一緒《いっしょ》に付けていてくれる？」

「もちろんだ。俺はいついかなる時もリリーと共にある」

優《やさ》しく顎《あご》を掬《すく》い上げられたリリーは、ゆっくりと目を閉じた。

「謀《はか》ったわね⁉」

終

あとがき

はじめまして。藤烏《ふじがらす》あやと申します。

本書をお手にとっていただきまして、誠《まこと》にありがとうございます。

本作は第6回ビーズログ小説大賞にて、コミックビーズログ賞を頂き、漫画《まんが》化&書籍《しょせき》化をしていただいた作品です。

桜瑠《おうる》の先生にコミカライズしていただきました漫画はB's-LOG COMICにて連載《れんさい》中ですので、ぜひそちらも読んでいただけると嬉《うれ》しいです！

さて、「強いヒロイン×強いヒーローって素晴《すば》らしいよね！」と書き進めた本作はいかがだったでしょうか？

最初は全く違《ちが》った物語を書く予定だったところ、とても素敵《すてき》なご縁《えん》があり、本作が生まれました。上手《うま》く書ければ絶対面白《おもしろ》くなる！　との言葉を糧《かて》に執筆《しっぴつ》し、応募《おうぼ》前にこれまた素敵なご縁で、やる気をいただいておりました。SNSってすごい……。

本書の感想などがございましたら、一言でもいいのでいただけると励《はげ》みになります。

ここからは、この場をお借りして、お世話になった方々への謝辞を。

初書籍化ということで、右も左も分からない私の手を引いてくださった担当様。リリー達に命を吹《ふ》き込んでいただいたすがはら竜《りゅう》先生。鋭意《えいい》コミカライズを進めてくださっている桜瑠のの先生。この作品に携《たずさ》わってくださった全ての方々に、御礼申《おんれいもう》し上《あ》げます。

最後となりましたが、この本を読んでくださった皆様《みなさま》へ心から感謝を。

同時に、少しでも面白かったと思っていただけることを祈《いの》っております。

それではまたお会いできる日がくるのを願って。

■ご意見、ご感想をお寄せください。
《ファンレターの宛先》
〒102-8177 東京都千代田区富士見2-13-3
株式会社KADOKAWA ビーズログ文庫編集部
藤烏あや 先生・すがはら竜 先生
●お問い合わせ
https://www.kadokawa.co.jp/（「お問い合わせ」へお進みください）
※内容によっては、お答えできない場合があります。
※サポートは日本国内のみとさせていただきます。
※Japanese text only

B's-LOG BUNKO
ビーズログ文庫

死《し》に戻《もど》り公女《こうじょ》は繰《く》り返《かえ》す世界《せかい》を終《お》わらせたい

藤烏《ふじがらす》あや

2024年11月15日 初版発行

発行者　山下直久
発行　株式会社 KADOKAWA
〒102-8177 東京都千代田区富士見2-13-3
（ナビダイヤル）0570-002-301
デザイン　Catany design
印刷所　TOPPANクロレ株式会社
製本所　TOPPANクロレ株式会社

ISBN978-4-04-738140-7 C0193

定価はカバーに表示してあります。

◇◇◇